KB064649

Emmeline Pankhurst
VOTES
FOR
WOMEN

국립중앙도서관 출판시도서목록(CIP)

에멀린 팽크허스트= Emmeline Pankhurst / 지은이:윤해윤.
– 고양 : 나무처럼, 2019
p. ;　cm, – (W 세상을 빛낸 위대한 여성)

참고문헌과 연보수록
ISBN 978-89-92877-46-6 44810 : ₩12000
ISBN 978-89-92877-10-7(세트) 44800

사회 운동가(會社 運動家)
여성 전기(女性傳記)

998.3-KDC6　　CIP2019000480

w

세상을 빛낸 위대한 여성

에멀린 팽크허스트

윤해윤 지음

나무처럼
Namubooks

나는 노예가 되느니 차라리 반역자가 되겠다.

I would rather be a rebel than a slave.

- 에멀린 팽크허스트

서문

노예로 사느니
차라리 반역자가 되겠다

지금으로부터 100여 년 전에 에멀린 팽크허스트는 말했다.

> 우리는 이 세상에 태어난 모든 여자아이가 남자 형제들과 똑같은 기회를 얻게 될 날을 위해 싸우고 있다.

이것이 에멀린 팽크허스트가 꿈꾸는 세상이었다. 그녀는 이런 세상을 위해서 감옥에 12차례나 투옥되며 여성참정권을 쟁취하기 위한 투사로 살았다. 여자는 남자 형제들의 삶을 편안하고 안락하게 해주기 위한 존재이기를 강요받던 19세기, 여성이 이런 압박에서 벗어날 수 있는 길은 여성참정권이 유일했고, 수많은 투사의 반란으로 마침내 여성들은 참정권을 얻어냈다.

불과 100년 전의 세상은 여성이 남성과 똑같은 대우를 원하는 것 자체가 반역이었다. 노예들이 그랬던 것처럼. 노예들은 해방되었지만, 19세기 여성들은 여전히 노예나 다름없었다.

해리엇 비처 스토의 『톰 아저씨의 오두막』을 읽고 자란 에멀린 팽크허스트는 '여성 해방은 여성참정권' 이라는 대의 아래 반란을 주도하는 반역자가 되었다. 그리고 이 여성 혁명가가 일으킨 반란의 결과물인 여성참정권은 전 세계 여성들 하나하나의 손에 투표용지를 들려주었고, 민주주의의 뿌리가 되었다.

'하늘은 스스로 돕는 자를 돕는다' 고 했고, '침묵은 나를 지킬 수 없다' 고 했다. 이것이 에멀린 팽크허스트가 침묵을 깨고 기꺼이 반역자가 되려고 한 이유일 것이다.

이제 아름다운 반역자의 삶 속으로 들어가 보자.

차례

1
프랑스 혁명 일에 태어난 아이

1858년 7월 14일, 영국 맨체스터에서 풍성한 검은 머리카락에 청보랏빛 눈동자, 매끄러운 흰 피부를 지닌 여자아이가 태어났다. 이 아이의 이름은 에멀린 굴든으로, 20세기 여성 혁명을 이끌 지도자의 탄생이다.

7월 14일에 태어난 에멀린은 이미 날 때부터 삶의 방향이 정해져 있다고 생각했다. 이날이 바로 프랑스 혁명이 일어난 날이기 때문이다.

프랑스 혁명은 평등하지 못한 구제도를 개혁하자는 목소리였고, 혁명 초기에는 여성들이 시위를 주도하며 존재감을 드러냈었다. 안타깝게도 모든 공이 남자들에게 돌아갔지만 말이다. 에멀린은 프랑스 혁명 일에 태어난 자신도 구제도를 개혁할 삶을 살 운명을 지녔다고 인식했다.

"내 인생 전반에 걸쳐서 영향을 준 그날에 내가 태어났다는 사실을 언제나 상기하며 살았어요."

에멀린이 태어난 맨체스터는 당시 산업혁명의 발전에 힘입어 상공업 중심도시로 급변하고 있었고, 습한 기후와 풍부한 수력을 이용하여 면직물 공장이 우후죽순 생겨났다. 공장들이 들어서자, 사람들이 모여들어 너도나도 공장의 노동자가 되었다.

에멀린의 아버지인 로버트 굴든도 맨체스터의 면직물 공장의 보잘것없는 노동자였다. 아일랜드 출신인 그는 중간 관리자를 거쳐서 부유한 염색공장 사업가로 변신하는 데 성공해, 마침내 대대로 이어지던 가난의 고리를 끊어냈다.

부유한 부모를 둔 자식들이 누리는 풍요로움과 여유 속에서 에멀린은 밝고 화사하게 자라났다. 어린 에멀린은 어머니 소피아가 책 읽어주는 시간을 손꼽아 기다렸다. 소피아는 해리엇 비처 스토의 『톰 아저씨의 오두막』을 자주 읽어주었는데, 이때마다 에멀린은 숨을 죽였다.

강 위에는 깨진 얼음덩이들이 둥둥 떠 있었어. 앨리자는 해리를 안은 채 그중 한 얼음 위로 몸을 날렸지.

"맙소사, 위험해!"

지켜보던 사람들이 비명을 질렀어.

그런데 앨리자가 뛰어내린 얼음이 가라앉고 있었지.

앨리자는 다른 얼음으로, 또 다른 얼음으로 펄쩍 뛰기를 반복했어. 그녀가 거쳐 간 얼음덩이엔 핏자국이 선명했지만, 앨리자는 아이를 살리려는 간절한 마음에 자신의 발이 찢겨나가는 것은 아랑곳하지 않았어.

다섯 살 꼬맹이는 노예 사냥꾼에게 앨리자와 해리가 쫓기는 장면에 이르자, 가슴이 조여왔다.

'아, 잡히면 안 되는데, 어서 도망쳐!'

어린 숙녀는 두 손을 꼭 모아 기도하고 또 기도했다. 노예들이 가여웠고, 괴물 같은 노예 사냥꾼이 너무 무서워서 몸이 벌벌 떨렸다. 컴컴한 밤이 되면 무시무시한 노예 사냥꾼이 나타나 자신을 잡아챌 것만 같았다.

어릴 때부터 책을 가까이 한 에멀린은 유독 『톰 아저씨의 오두막』에 강렬히 반응했다. 어린 꼬마는 이 책을 통해서 사회의 불평등을 인식했고, 여성도 노예 제도 폐지에 중요한 역할을 할 수 있다는 사실을 깨쳤다. 『톰 아저씨의 오두막』의 주제는 에멀린 인생 전반에 배어들었다.

1861년, 미국에선 노예제 폐지를 둘러싸고 격렬한 공방이 오갔고, 에멀린의 아버지 로버트는 열렬한 노예 해방론자였다. 그는 노예제 폐지 운동에 열성적으로 나섰고, 여러 모임과 집회에 참석해 노예제 폐지를 강력히 피력했으며, 도망친 노예들을 돕는 성금 또한 넉넉히 내놓았다.

미국 링컨 대통령의 노예 해방 선언에 이어, 마침내 1865년 1월, 노예 제도를 법률로 금하는 법이 통과되었다. 노예 해방 소식을 전해 들은 어린 에멀린은 톰 아저씨가 살아온 것처럼 기뻤다. 이제야 아저씨는 진짜로 자유의 몸이 된 것이다.

2
자유롭고 화려한 청춘

전통적으로 영국의 선거는 남성 권력층만의 특권이었는데, 프랑스 혁명의 영향에 힘입어, 산업 자본가와 중산층이 선거권을 얻어, 유권자가 5퍼센트로 늘어났다.

그러나 투표를 하는 과정은 순 엉터리였다. 투표소가 너무 멀어서, 선거에 나온 후보자들이 유권자들을 모아서 비싼 술집에서 거나하게 접대하고 투표소까지 데려가는 게 일상적인 선거 풍경이었다. 오죽하면 영국의 정치 풍자 화가 윌리엄 호가스가 〈선거 향응Election Entertainment〉이라는 그림을 그려 조롱했을까!

선거권 부여에서 제외된 노동자들은 분노했다. 이에 선

거권 확대를 요구하는 민중 운동인 차티스트 운동이 10년에 걸쳐서 일어났고, 이것이 1867년 2차 선거법 개정을 이끌어내, 도시 노동자들이 선거권을 얻어냈다.

19세기 영국은 법으로 여성의 정치 참여를 금했다. 아무리 부유해도, 귀족이라도 예외는 없었다. 여성에겐 참정권이 없으니 정치에 참여할 방법이 없는 건 당연했다. 특히 결혼한 여성은 남편의 법적 소유물로서, 남편이 아내의 생각과 행동을 통제하고 대변했다.

평등한 사회를 꿈꾸는 사람들은 이런 여성의 볼품없는 지위를 개선해야 한다고 목소리를 높였다. 그중 존 스튜어트 밀 의원은 1867년 2차 선거법 개정에 여성을 포함하는 여성참정권 법안을 제출했다.

이 법안이 제출되자, 여성참정권이 수면 위로 떠올랐고, 곳곳에서 여성참정권 법안 통과를 압박하는 시위가 잇달았다. 하지만 이 법안은 통과되지 않았다.

어린 에멀린은 매일 아버지에게 신문을 읽어주었는데, 여성참정권 법안이 거부당했다는 기사를 읽자, 아버지의 낯빛이 어두워지는 것을 보았다. 어머니는 깊은 한숨을 내쉬었다. 어려서 정확히 이해할 순 없었지만, 어린 마음에도 여성이 투표하는 세상은 더 나은 세상이라는 확신이 들었다. 에멀린은 여성의 투표를 반대한 사람들이 미워졌다. '왜 여자는 투표하면 안 된다는 걸까?'

하루는 에멀린이 학교에서 돌아왔는데, 어머니 소피아가 막 집을 나서는 참이었다.

"어디 가, 엄마?"

"여성참정권 집회에."

"나도 갈래."

"좋지."

책가방만 안으로 던져놓고 에멀린은 급히 소피아를 따라나섰다.

한참을 걸어서 도착한 집회 장소엔 이미 많은 여성이 모여 있었다. 열세 살의 에멀린이 가장 나이 어린 참석자였다. 에멀린은 가슴이 콩닥콩닥 뛰었다. 이 속에 자신이 있다는 사실이 자랑스러웠다.

서너 명이 연설했는데, 모두 감동적이었다. 그중에 〈여성참정권 저널〉 잡지사 편집자인 리디아 베커의 연설은 몹시 흥미로웠다. 과학자이기도 한 베커는 여성의 투표권은 안정적인 수입이 있는 남성들의 아내들보다는 가난한 미혼 여성이나 과부에게 더 절실하다고 연설했다.

부유한 남성만이 투표권을 갖던 시절에 베커의 주장은 실로 파격적인 것이었다. 남녀 평등한 참정권을 주장하는 사람들도 재산이 많은 사람부터 권리를 부여해야 한다고 믿는 시절이었기에, 베커의 주장은 크게 논란이 되었고, 신문 사설란에 자주 조롱거리 주제로 등장하곤 했다.

그러나 열세 살의 에멀린에게 베커의 연설은 큰 울림으로 다가왔다. 약한 자들을 위한 평등, 이것이 진정한 평등이 아닐까. 이후로 에멀린은 베커를 영원한 우상으로 삼았고, 그녀를 닮고자 노력했다.

에멀린의 아버지 로버트 굴든은 사업차 프랑스 파리를 자주 오갔는데, 에멀린을 파리로 보내 선진 교육을 받게 하고 싶었다.

1872년, 에멀린은 프랑스 파리의 에콜 노르망 고등학교에 입학했다. 미래의 교육감이자 이 학교의 교장인 미스 마르세 지라르는 여학생에게 신부 수업 외에도 남학생이 배우는 과학과 경제, 선진적 사고방식 등을 가르쳤다.

에멀린은 여학생이면 기본으로 듣는 신부 수업은 툭하

면 빼먹었고, 영 소질도 없어 보였다.

에멀린은 파리를 돌아다니며 선진 문물과 파리의 패션을 즐겼다. 이때부터 우아한 드레스를 입는 습성이 생겼고, 훗날 여성참정권 운동을 할 때도 멋진 드레스를 입고 참전하는 것을 즐겨 사람들의 시선을 받곤 했다. 또 장르를 따지지 않고 프랑스 소설을 섭렵한 덕분에 프랑스어 실력이 원어민 수준으로 향상되었다.

5년간의 프랑스 생활 덕분에 에멀린의 지적 수준과 의식이 높아졌고, 외모도 한층 성숙해졌다. 하지만 외모보다 더 눈에 띄는 특색은 목소리였다. 리드미컬한 선율과 명확한 전달력을 지닌 목소리는 단번에 사람들을 사로잡았고, 주변에는 환심을 사려는 청년들이 들끓었다. 에멀린은 그들과 자유로이 연애하며 청춘을 즐겼다.

1878년 3월, 스무 살의 에멀린은 영국으로 돌아왔다. 5년 만에 집에 오니, 달라진 집안 분위기에 적응이 되질 않았다. 오빠인 월터는 회계사가 되었고, 동생들은 몰라보게 자라나 서먹서먹했으며, 이전 친구들과도 어색했다.

에멀린은 지식층 청년들과 정치적 문제를 토론하면서

도 막힘이 없었다. 많은 청년이 미모와 학식을 겸비한 에멀린의 환심을 사보려고 다가섰지만, 에멀린에게 그들은 애송이일 뿐이었다.

에멀린은 현실이 좀 답답했다. 또래 여자들은 결혼과 연애에만 한껏 관심이 있었고, 또래 남자들은 남성 우월주의에 빠져서 기득권의 입장에서만 세상을 바라보았기 때문이다. 에멀린은 유학에서 얻은 진보적 사고를 마음껏 표출하고 소통할 사람을 갈구했다. 이런 갈증은 리처드 팽크허스트를 만나면서 완전히 해소되었다.

3
레드 닥터,
리처드 팽크허스트

외모 면에서 리처드 팽크허스트 박사는 매력적이라 할 수 없었다. 키가 작고 목소리가 날카로운 그에겐 '레드 닥터Red Doctor'란 별명이 붙었는데, 그의 좌파적 견해와 붉은 턱수염을 가리킨 것이다.

'인생은 열정이 없으면 아무것도 아니다'가 삶의 모토인 레드 닥터는 맨체스터가 주요 활동 무대로, 런던대학에서 법학 박사 학위를 딴 변호사였다. 그는 영국 남자로서는 드물게 남녀가 평등한 사회를 꿈꾸었고, 여성이 시민으로 인정받을 길은 여성참정권밖에 없다고 주장했다. 그는 현재 영국의 법은 여성을 보호하는 것이 아니라 억압하는 수단이라며 법률 개정을 촉구했다. 팽크허스트 박사는 1867년 2차 선거법 개정 때 제출한 '여성참정권 법안'을 작성한 장본인으로, 이 법안은 이후 여성참정권 법안의 기본 토대를 이루었다.

에멀린이 리처드 팽크허스트를 처음 만난 건 러시아 군대가 발칸반도에 개입하는 것을 반대하는 시위에서였다. 에멀린은 그의 연설을 듣는 순간 그를 사랑하게 되었다.

"난 그 사람한테 반했어. 어쩜 그렇게 연설이 감동적일 수 있지?"

마흔두 살이나 된 리처드 팽크허스트가 아직 미혼인 것은 에멀린에게는 행운이었다. 그는 어느 모로 보나 에멀린의 이상형이었기 때문이다. 그의 높은 지적 수준과 진보적인 사고, 저명한 사회적 위치는 에멀린이 마음을 홀딱 빼앗길 만했다.

어느 날 에멀린은 엉큼한 마음으로 리처드에게 독서토론회를 하자고 청했다. 늙은 총각 리처드는 연애엔 별반 관심이 없었고, 결혼은 일에 방해만 될 뿐이라고 여겼다. 하지만 밝고 소신이 확실한 에멀린에게 매력을 느낀 리처드는 직접 독서 프로그램까지 짜며 기꺼이 아리따운 아가

씨의 청에 응했다.

연애 경험이 없는 리처드에게 당찬 에멀린은 완전히 생소한 존재였고, 그녀가 저돌적으로 다가오자 당황해서 어쩔 줄 몰랐다. 스무 살이 넘는 나이 차이도 부담 요소였다. 하지만 그는 밀려오는 사랑의 파도를 막아낼 도리가 없었다.

두 사람 사이를 눈치챈 소피아는 활활 타는 둘의 사이를 진정시킬 필요성을 느꼈다. 소피아는 늙은 총각 리처드 팽크허스트가 썩 마음에 들지 않아, 잠시 시간을 벌어보려고 궁리하고 있었다.

그런데 에멀린이 그만 사고를 치고 말았다. 마음이 급한 에멀린은 리처드에게 당장 동거하자고 했다. 동거하면서 각자 자유롭게 생활하자고 제안한 것이다. 게다가 리처드의 답은 듣지도 않고, 이 사실을 부모님에게 덜컥 전하고 말았다. 충격으로 부모님의 입이 쩍 벌어졌다.

아무리 진보적인 사고를 지녔더라도 19세기 영국에서 여성의 동거를 긍정적인 시선으로 바라보는 사람은 없었다. 유명한 페미니스트인 엘리자베스 울스텐홀름은 벤 엘미와 동거를 했는데, 동료들조차도 불편한 시선을 던지곤

했다.

에멀린은 어떤 시선도 상관없다며 동거하자고 졸라댔지만, 사랑하는 여인이 이런 가십의 주인공이 되는 것을 원치 않은 리처드는 서둘러 청혼했다.

부모님은 성질 급한 에멀린이 동거에 들어갈 것을 우려해 결혼을 승낙했다. 하지만 애틋한 연인의 결혼은 금방 이루어지질 않았다. 안타깝게도 함께 살던 리처드의 어머니가 세상을 떠나는 바람에 결혼이 몇 달 미뤄진 것이다. 그동안 에멀린은 애간장이 타들어 갔다.

1879년 12월 18일, 역사에 길이 남을 이름 '에멀린 팽크허스트'가 탄생했다. 에멀린과 리처드는 랭커셔의 세인트 루크 교회에서 그토록 원하는 결혼식을 올렸고, 팽크허스트 부부가 되었다. 리처드는 신부가 새하얀 드레스를 입기를 원했지만, 에멀린은 개성을 살려 브라운 벨벳 드레스를 입었는데, 그토록 아름다운 신부는 없었다.

팽크허스트 부부는 맨체스터의 올드 트래포드에 집을 마련했고, 리처드는 에멀린을 일생 여왕으로 대접하며 살았다. 에멀린과 리처드는 잉꼬부부로 소문이 자자했다.

"어디 있어, 달링?"

리처드는 집에 오면 신발도 벗지 않고 에멀린부터 찾았다.

에멀린은 바로 임신해, 다음 해인 1880년 9월 22일, 첫 딸을 낳았다. 리처드는 크리스타벨이라는 이름을 주었는데, 그가 좋아하는 시인 새뮤얼 테일러 콜리지의 시에 나오는 아름다운 숙녀의 이름에서 따왔다. 2년 뒤 1882년 5월 5일에 둘째 딸 실비아가 태어났다.

에멀린을 제일 많이 닮은 큰딸 크리스타벨은 아름답고 지적이며 소신이 있었고, 무엇보다도 책을 읽는 것을 좋아했다. 부모가 아이 취급을 하지 않았기 때문인지, 크리스타벨은 어릴 때부터 어른스러웠다. 총명함을 타고난 그녀는 모든 일을 스스로 척척 해나갔다. 에멀린은 자신을 쏙 빼닮은 크리스타벨을 가장 아끼고 사랑했으며 자신의 분신이라고 여겼다.

둘째인 실비아는 가족 중에서 가장 내성적이었다. 유난히 큰 눈망울은 슬픔에 잠겨 있어서 전체적으로 차분한 분위기를 풍겼다. 하지만 재능 면에서는 으뜸이었다. 예술적 감성이 뛰어났고, 미술과 글쓰기에 소질을 보였다.

실비아는 아버지를 가장 좋아하고 존경했다. 크리스타벨이 평생을 엄마 그늘에서 산 것처럼, 실비아는 일생을 아버지 그늘에서 살았다.

셋째는 아들이었는데, 리처드는 아들 프랜시스 헨리(프랭크)를 몹시 사랑했다. 아들을 자신의 분신이라고 여기며 아끼고 소중히 여겼다. 선거에 낙선했을 때였지만 아들의 탄생이 더할 나위 없이 기쁘고 행복했다.

하지만 1888년 9월 11일, 리처드의 소중한 분신 프랭크는 죽었다. 호흡기 전염병인 디프테리아에 걸렸는데, 의사의 오진으로 치료 시기를 놓쳤다. 겨우 네 살이었다. 팽크허스트 부부에겐 크나큰 슬픔이었고, 리처드는 한동안 아들의 죽음에서 헤어나오질 못했다.

부모의 관심에서 가장 멀리 있던 넷째 아델라는 1885년 6월 19일에 태어났다. 이 아이는 태어날 때부터 작고 허약했다. 선천적으로 다리가 약해서 잘 걷지 못해 한동안은 철제 도구에 의지해서 걸어야만 했다. 또 기관지가 약해서 기침을 달고 살았고, 시력이 약해서 편두통에 시달렸다. 자연적으로 아델라는 외톨이로 자라났다.

아델라는 크리스타벨은 잘 따랐지만, 실비아와 프랭크

를 경쟁자로 생각해 질투했다. 몸이 약해서 부모의 보살핌을 그 누구보다도 필요로 했지만, 부모님이 사회 활동에 전력한 탓에 크나큰 상실감 속에서 자라나야 했다.

프랭크가 떠나고 3개월이 지나서 에멀린은 다시 임신했다. 에멀린은 이번 임신을 죽은 프랭크가 돌아온 것이라고 믿었고, 1889년 7월 7일에 아들을 낳았다. 부부는 새로 태어난 아기에게, 죽은 프랭크의 본명 프랜시스 헨리에서 순서만 바꿔서 헨리 프랜시스라는 이름을 지어주었다.

에멀린은 헨리를 낳으면서 목숨을 걸어야 했다. 출산 과정에서 출혈이 멈추질 않은 것이다. 놀란 유모 수잔나가 급히 의사를 부르러 달려나갔지만, 주변의 의사들은 부인과 진료를 꺼려서 오지 않으려고 했다. 수잔나가 애걸해 결국 의사 한 명이 왕진을 왔고, 가까스로 에멀린은 목숨을 구할 수 있었다. 하지만 더는 아기를 낳을 수 없었고, 프랭크를 대신한 헨리는 팽크허스트 가족의 중심이 되어 자라났다.

4
사교의 중심,
팽크허스트 하우스

에멀린과 리처드는 런던의 러셀 스퀘어에 집을 구해 이사했다. 새로 태어난 헨리에게 좋은 환경을 제공하고 싶어서였다.

새집은 유난히 크고 화려했다. 작은 회견장과 주치의가 쓸 방까지 갖춰져 있었다. 에멀린은 1층을 좋아하는 노란색으로 칠했고, 보라색 아이리스 꽃으로 장식했다. 값비싼 가구에 터키산 러그, 일본산 자수품들, 중국 도자기, 페르시아 도자기, 유명 화가의 그림이 집 안을 더욱더 화려하게 장식했다.

팽크허스트 부부는 물론 아이들까지도 이 집에서의 생

활이 즐겁고 만족스러웠다. 화려한 집에서는 여러 형태의 모임이 열려 팽크허스트 부부 사교의 중심이 되었다. 작은 신문사를 운영하는 노예 폐지론자 윌리엄 로이드 개리슨, 인도 1세대 의원 다다바이 나오로지, 사회개혁가 허버트 버로우스와 애니 베전트, 프랑스 여성 혁명가 루이즈 미셸 등을 비롯해 수많은 방문객이 이 집을 찾았다.

이 시기에 팽크허스트 부부는 일생을 지속할 인연을 많이 만났는데, 그중엔 사회주의자 제임스 키어 하디도 있었다. 그는 노동 운동의 지도자였고, 1893년 팽크허스트 부부의 도움을 받아 노동자들을 위한 독립노동당을 창설해 초대 의원이 되었다. 에멀린은 1893년, 리처드는 1894년에 독립노동당에 입당했다.

아이들도 방문객과 자연스럽게 친해졌다. 사교적인 크리스타벨은 손님들의 방문을 즐겼다.

"여성들이 얼마나 오랜 시간 투표권을 위해 싸웠나요? 제가 크면 꼭 투표권을 얻어내고야 말겠어요."

어느 날 크리스타벨이 말했다.

에멀린은 어린 딸의 소신이 놀라웠다.

내성적인 실비아는 비밀 장소를 하나 찾아서 가끔 어른

들을 피해 그곳에 가서 몇 시간씩 혼자 놀곤 했다. 화가가 되는 것이 꿈인 실비아는 혼자서 몇 시간씩 그림을 그려 이모인 메리에게 보여주고 칭찬을 받았다.

민감한 사춘기 소녀 실비아에게 키어 하디는 남다른 존재였다. 그녀는 그에게 이성적으로도 끌렸다. 어느 날 실비아가 학교에서 돌아와 보니, 키어 하디가 벽난로 옆 안락의자에 몸을 푹 파묻고 쉬고 있었다.

> 그분이 거기에 계셨다. 숱이 많은 곱슬머리가 인상적인 강렬한 얼굴, 주름이 깊이 팬 넓은 이마, 마치 햇살을 가득 품은 깊은 골짜기와 같은 두 눈은 항상 친절한 시선으로 나를 바라본다. 나는 그의 두 팔로 뛰어가 안기고 싶은 충동을 느꼈다.

팽크허스트 부부의 사치스럽고 호화로운 저택은 관리하는 데 막대한 돈이 들었다. 게다가 부부는 집 근처에 상류층을 대상으로 팬시점을 냈는데, 장사에는 영 소질이 없었는지 수익이 나질 않았다. 부부는 상점 운영을 2년 남짓 하고는 문을 닫았다.

팽크허스트 부부에겐 변화가 필요했다. 리처드는 여전히 맨체스터를 오가며 일하고 있었는데, 건강이 썩 좋질 않아서 빨간불이 켜졌다. 그러자 팽크허스트 가족은 다시 맨체스터로 돌아가기로 정했다.

5
에멀린 팽크허스트

맨체스터로 돌아온 지 1년이 지나서 에멀린은 빈민구제위원회 위원으로 선출되었다. 당시 구민법은 매우 형편없었다. 구호소 사람들은 사생활이 전혀 없었고 인격적인 모독을 받았다.

에멀린은 구호소 운영을 전면 개편했다. 우선 낭비되는 빵을 효율적으로 이용하기 시작했다. 구호소 사람들에게는 하루 세끼 빵만 제공되었는데, 빵은 넉넉했지만 다른 음식과 물품은 전혀 공급되지 않았다. 몹시 비효율적이었다.

에멀린은 빵의 공급을 줄이고 푸딩을 비롯한 다른 먹거

리를 공급했고, 등받이 없는 의자에서 종일 생활하는 노인들을 위해서 편안한 의자를 마련해주었다. 또 겨울에도 여름옷을 입고 차가운 맨바닥에서 지내는 구호소 아이들을 위해서 시골에 땅을 사서 아이들이 지낼 집을 지었고, 학교를 세워 무상으로 교육했다.

원래 영국의 공립학교는 가난한 아이들을 무료로 교육하는 기관이었는데, 어느덧 중상위 계층의 아이들이 대다수를 차지하고 있었다. 즉 가난한 아이들은 상위 계층에 배울 권리를 빼앗긴 셈이다.

에멀린은 구호소의 가난한 아이들이 제대로 교육받지 못하니, 어른이 되어서도 제 역할을 하지 못하고 영원히 사회의 부담이 되는 것이라고 여기고, 그 근원을 해결하고자 했다.

빈민구호소엔 남자도 있었지만, 대다수가 여자였다. 그도 그럴 것이 여자는 법적 보호를 전혀 받지 못했으므로, 함께하던 부모나 남편이 죽고 나면 재산을 상속받지 못해 대부분 빈민으로 전락했다. 그들은 사회의 부담이었고, 구호소를 찾는 방법 외엔 달리 도리가 없었다.

구호소엔 임신한 여성들도 많았다. 그들은 아기를 낳을

때까지 힘든 청소를 해야 했고, 아기를 낳으면 아기를 데리고 구호소를 떠나야 하는 신세였다. 또 미혼모 여성들은 하녀가 대다수였는데, 아기를 열악한 탁아소에 맡기고 일자리를 찾아 하녀로 돌아갔다가, 또다시 부유한 남성들의 희생물이 되기 일쑤였다. 탁아소에 맡겨진 아기들은 보살핌을 제대로 받질 못해서 죽는 경우가 허다했다.

구호소의 나이 든 여성들은 하녀 출신이 많았는데, 늙어서 더는 일자리를 구할 수 없게 되자 어쩔 수 없이 구호소를 찾았다. 하녀 벌이로는 노후 준비는커녕 그날그날 먹고 살 수 있을 뿐이었다.

이들의 환경이 나아지게 하려면 법률이 바뀌어야만 했다. 사회적 약자인 하녀들을 보호할 수 있는 법률, 여성도 재산을 상속받을 수 있는 법률, 여성도 연금을 탈 수 있는 법률……. 남성 정치가들은 여성을 위한 법률은 가치가 없다고 여겨 제정할 생각이 없었다. 그들은 여성을 자신들과 동등한 인격체로 인정하지 않았다. 그런데도 당시 영국의 여성들에겐 법률을 바꿀 의지나 힘이 턱없이 부족했고, 남성들의 법에 순응하며 살았다.

에멀린은 여성이 선거권을 갖게 된다면 적어도 이런 가

난만큼은 바뀔 것이라고 믿었다. 여성에게 참정권이 있다면 남성 정치가들이 여성의 표를 얻기 위해 어쩔 수 없이 여성을 위한 정책을 내놓아야 할 것이고, 여성 정치가도 탄생할 것이기 때문이다.

빈민구제위원으로 활동하면서 코앞에서 여성의 잔인한 빈곤을 목격한 에멀린은 착잡한 심정이었고, 여성의 참정권만이 혹독한 가난을 조금이라도 줄일 수 있는 방법이라고 확신했다.

빈민구제위원의 경험은 에멀린이 여성참정권 운동에 발을 푹 담그는 확실한 발판이었고, 이 시기부터 에멀린은 남편 리처드의 그늘에서 벗어나 독자적으로 활동했다.

리처드 팽크허스트는 오랫동안 자유당 소속이었으나 전쟁에 찬성하는 그들과 뜻이 맞지 않아 탈당하고는, 노동자들을 대변하는 독립노동당에 입당했다. 이제껏 리처드의 정치 · 사회적 기반은 자유당이었고, 변호사 일도 대부분 자유당과 관련 있었다. 리처드가 독립노동당으로 옮기자, 리처드의 변호사 일에 위기가 닥쳤다. 이미 각오한 결과였다.

리처드는 독립노동당에서 자리를 잡기를 원했고, 1895년 7월에 맨체스터 고튼 지역의 독립노동당 의원 후보로 선거에 나갔다. 자유당 후보가 사퇴하면서까지 진보적인 리처드의 당선을 밀어줬지만 결국 보수층의 벽을 뚫지는 못했다. 이로써 리처드의 세 번에 걸친 의원 도전은 모두 실패로 끝을 맺었다.

리처드의 선거 실패에 에멀린은 분개했다. 남편은 많은 면에서 존경할 만한 인물이다. 그는 평등한 사회를 꿈꾸었고, 사회적 약자인 여성과 가난한 사람들이 좀 더 나은 삶을 살 수 있는 세상을 만들고 싶어 노력했다. 자신을 만나기 전 그는 마흔이 넘은 노총각이었고, 그때까지 혼자 살면서 온갖 열정과 엄청난 액수의 자금을 들여 사회 개혁에 헌신했으며, 결혼해서도 그 노력을 멈추지 않았다.

이런 모든 노력에도 리처드가 꿈꾸는 세상으론 한 걸음도 나아가지 못했다. 그리고 그의 정치 생명은 이번 선거 패배를 계기로 점점 사그라지기 시작했다.

리처드의 쇠락과는 반대로 에멀린의 활동은 점점 활기를 띠었다. 독립노동당은 맨체스터의 보거트홀 클라프 공원에서 자주 집회를 열곤 했다. 그런데 이 공원이 맨체스터 자치구의 소유가 되면서 집회를 금지했다. 이를 무시하고 독립노동당은 계속해서 집회를 열었다.

즉각 맨체스터시는 공원에서 집회를 연 독립노동당의 저명한 연설자 존 하커를 기소했다. 리처드가 그의 변론을 맡았고, 존 하커는 10실링의 보잘것없는 벌금을 내라는 판결을 받았다. 하지만 그는 벌금을 거부하고 감옥행을 택했다.

에멀린도 보란 듯이 이 공원에서 집회를 소집해, 대중을 상대로 '침묵은 날 지킬 수 없다'는 주제로 멋들어진 연설을 뽑아냈다. 에멀린의 연설을 들으러 수많은 사람이 공원을 찾았고, 에멀린 역시 고소당했다. 이 일로 이미 두 명이 벌금을 거부하고 감옥행을 택한 상태였다.

고소당한 에멀린이 법정에 나타났는데, 늘 그렇듯 우아한 차림이었다. 핑크색 작은 보닛을 쓰고 검은 장갑을 끼고 우아한 드레스를 입고 위풍당당하게 걸어 들어왔다.

"나 에멀린 팽크허스트는 벌금으로 단 한 푼도 내지 않을 것이며, 또한 보거트홀 클라프 공원에서 연설을 계속할 생각입니다."

에멀린이 법정에서 목을 꼿꼿이 세우며 말했다.

생각했던 것보다 에멀린이 강력하게 나오자, 당황한 판사는 에멀린의 판결을 뒤로 미뤘고, 에멀린은 다시 공원으로 나갔다. 맨체스터시의 강압 진압은 오히려 대중의 관심을 끌면서 역효과를 냈다. 이전보다 훨씬 더 많은 사람이 집회에 몰려들었고, 매혹적인 에멀린의 연설에 푹 빠져들었다.

에멀린은 이 공원에서 집회를 막는 것은 언론 탄압이라며 대중에게 강력하게 호소했고, 급기야 정부가 나서서 공원에서 열리는 집회를 억압할 합당한 이유가 없다며 투옥한 사람들을 석방했다.

에멀린의 승리였다.

이 사건을 계기로 에멀린은 스타로 부상했고, 정치적으로 영향력을 갖게 되었다. 이후 독립노동당의 행정위원회 위원으로 선출되었는데, 여성으로서는 처음인 영예였고, 에멀린의 활동에 날개가 달렸다.

에멀린과는 달리 쇠퇴기에 접어든 리처드는 건강이 안 좋았다. 그는 격심한 위통에 시달렸는데, 치료를 받아도 별반 효과가 없었다. 남편의 건강이 위험하다는 것을 미처 깨닫지 못한 에멀린은 잠시 짬을 내어, 고등학교를 졸업한 크리스타벨과 제네바에 있는 옛 친구를 찾았다.

이 여행은 리처드가 추천한 것으로, 요즘 부쩍 피로해하는 아내에게 휴식을 주려는 남편의 배려였다.

"돌아오면 우리 신혼여행을 다시 떠납시다."

리처드는 떠나는 에멀린에게 말했다.

그런데 에멀린이 떠나고 얼마 되지 않아서 리처드의 위통이 극심해졌다. 하룻밤 사이에 리처드의 몰골은 충격적으로 변했고, 놀란 실비아가 급히 의사를 불러왔다. 리처드의 상태가 심상치 않음을 직감한 의사는 몇 시간 간격으로 리처드를 찾아 보살폈다.

리처드는 실비아를 시켜서 에멀린에게 전보를 쳤다.

'몸이 좋지 않으니 집으로 돌아와 줘요.'

조금 기력을 회복한 리처드는 잠시 실비아와 거실에서 이야기를 나누었고, 침실로 가서 누웠다. 다음 날인 1898년 7월 5일 아침, 실비아가 아버지의 상태를 확인하러 방에 들어갔는데, 리처드는 침대에서 죽어 있었다.

리처드 팽크허스트는 그렇게 갑자기 세상을 떠났다. 준

비하지 못한 죽음이었고, 나이는 예순넷이었다.

열여섯 살의 실비아와 열세 살의 아델라, 아홉 살의 헨리는 아버지의 죽음이 믿기지 않았고, 이런 슬픔을 어찌 처리해야 하는지 알 수 없었다.

전보를 받은 에멀린은 가장 이른 기차를 탔다. 기차 안에서 뭔가 불길한 기운에 사로잡혀 있는데, 옆에 앉은 승객이 보는 신문에서 검고 굵은 헤드라인이 얼핏 들어왔다. '리처드 팽크허스트 박사의 죽음'.

넋이 나간 채 집에 도착한 에멀린의 눈에는 동생인 메리와 허버트가 아이들을 안고 있는 모습이 들어왔다.

리처드 팽크허스트의 장례식은 7월 16일에 거행되었다. 빨간 카네이션과 제라늄으로 장식한 빛나는 관은 브룩우드 공동묘지에 묻혔다. 리처드의 마지막을 수많은 조문객이 함께했는데, 대다수가 노동자였다. 그리고 몇 달 뒤 에멀린은 묘비에 '충실하고 진실한 나의 사랑하는 동지'라는 글을 새겼다.

6
말이 아닌 행동을!
Deeds not words

에멀린에게 리처드는 삶 자체였다. 한 번도 남편이 없는 세상을 생각해본 적이 없었다.

"어머니는 평생을 아버지의 그림자를 안고 사셨어요. 일생을 살면서 아버지를 떠나보낸 적이 단 한 번도 없었어요."

훗날 크리스타벨이 말했다.

리처드 역시 자기 죽음을 준비하지 못했다. 그는 변호사였음에도 미리 유언장을 작성하지 않았고, 유언도 남기지 못했다.

리처드의 갑작스러운 죽음은 팽크허스트 가족에게 엄

청난 충격과 시련이었다. 리처드가 남긴 재산은 거의 없었다. 오히려 빚이 더 많았다. 순식간에 에멀린은 네 아이를 둔 가장이 되었다.

에멀린은 슬픔을 가슴에 묻은 채 현실을 인식해야 했다. 서둘러서 남편의 빚을 정리하지 않는다면, 법의 절차에 따라 모든 것을 잃을 위기였다. 우선 값비싼 가구와 미술품들을 팔아서 돈을 마련해 빚을 갚았고, 집을 줄여 이사했다.

오랫동안 집안을 돌봐주던 충직한 유모 수잔나가 결혼해서 집을 떠났기 때문에 어린 아델라와 헨리는 섬세한 어른의 보살핌을 받을 수가 없었다. 감정적으로 예민한 실비아도 아버지를 잃었다는 감정을 억누르고는, 어머니의 감정을 살펴야 했다.

스위스에 있던 맏딸 크리스타벨은 자신의 도움이 필요함을 직감하고 짐을 정리해서 돌아왔고, 결혼에 실패한 메리도 합류했다.

졸지에 가장이 된 에멀린은 자원봉사로 일하던 빈민구제위원회 일을 서둘러 그만두고, 그곳에서 소개한 맨체스터 등기소에 취직했다. 등기소에서 맡은 일은 출생과 사망 증명서를 기록하는 일이었다. 이 일은 에멀린에게 처음으로 정규 수입을 주었고, 구호소에서 일했을 때와는 또 다른 경험을 주었다.

출생 신고를 받으면서 에멀린은 여성으로서의 고통을 다시금 뼈저리게 느꼈다. 강간을 당해서 낳은 아기의 출생을 신고하러 오는 십대 엄마들의 삶은 가혹했다. 법으로 아버지인 남성에게는 육아 책임이 전혀 없었다. 육아는 올곧이 엄마의 몫으로 떨어졌다. 법이 바뀌지 않는다면 여성의 삶은 절대로 달라지지 않을 것이다.

리처드가 없는 팽크허스트 가정은 확실히 달랐다. 남편 없이 여자 가장으로 살아보니, 세상은 이전과는 완전히 딴판이었다. 사회적으로 여성이 온전히 서기란 불가능에 가까웠다.

여성참정권만이 법을 바꿀 수 있다. 참정권이 없는 여성을 위한 법은 절대로 생기지 않을 것이기 때문이다. 하지만 에멀린이 여성참정권 운동을 시작한 지 8년이 흘렀는데도 진척된 것은 아무것도 없었다. 앞으로 8년이 더 흐른다고 해도 마찬가지일 것이다.

여성참정권을 지지하는 남성 정치가들을 전면에 내세워서는 도저히 여성참정권을 획득할 수 있을 것 같지 않았다. 이들은 공식 석상에서 여성들에게도 꼭 참정권이 필요함을 인식하고 있다고 피력한다.

그러나 그것으로 끝이었다. 그들은 여성에게 참정권을 부여하는 법을 만들려는 행위는 전혀 하지 않았다. 그들은 그저 정치적 이미지를 위해서, 여성들의 적이 되지 않기 위해서 여성참정권에 우호적인 발언을 한 것뿐인데, 에멀린을 비롯한 여성참정권 운동가들은 그들의 그런 얄팍한 말에 기대어 이제나저제나 하는 희망을 걸고 또 걸었었다.

처음엔 에멀린도 여성참정권을 지지하는 남성 정치가들의 맨얼굴을 보지 못했다.

에멀린은 그들이 여성들을 위해서 전면에 나서줄 것이라고 여기며 지지했고, 그들이 당선하도록 앞장서서 선거운동을 했다. 그러고는 그들이 여성참정권 법안을 발의해주기만을 기다리고 또 기다렸다. 하지만 이것은 큰 착오였다.

그들은 빈껍데기에 불과했다.

에멀린은 8년이 지나서야 그들의 본모습을 제대로 볼 수 있었다.

획기적인 변화가 필요했다.

다시 시작한다는 마음으로 여성참정권 운동의 전개 방식을 좀 더 조직적이고 체계적으로 바꿔야 했다. 남성이 아닌 여성 스스로가.

1903년 10월 10일, 에멀린은 변화의 첫걸음을 내디뎠다. 크리스타벨과 실비아와 함께 '여성사회정치연합Women's Social and Political Union:WSPU'을 조직한 것이다. 역사상 위대한 걸음이었다. 에멀린은 여성사회정치연합을 정치 단체로 규정하고, 여성의 주도로 여성참정권 운동을 전개해나갈 작정이었다.

여성사회정치연합의 모토는 '말이 아니라 행동을Deeds Not Words'로, 실천에 중점을 둔 활동을 하겠다는 에멀린의 굳은 의지가 담겼다. '말이 아니라 행동을'은 앞으로 에멀린을, 그리고 여성사회정치연합을 규정하고 상징했다. 여성사회정치연합은 여성의 주도하에 전면적으로 여성참정권 운동을 전개했다.

에멀린은 여성참정권이 반드시 필요한 이유가 적힌 청원서를 의회에 제출했고, 진보 성향의 의원들을 개별적으로 만나 여성참정권의 필요성을 토로하며 여성들에게 참정권을 주는 법안을 의회에 제출하도록 요구하고 설득했다.

드디어 1905년 여성참정권 법안이 의회에 제출되었다.

처음으로 상정된 여성참정권 법안에 여성사회정치연합을 위시한 모든 여성참정권 단체가 흥분을 감추지 못했다. 에멀린은 이 법안 통과를 촉구하는 거리 행진과 시위를 조직했고, 여성의 참정권이 얼마나 절실한지를 피력하는 연설을 수차례 하며 이번 법안을 꼭 통과시킬 것을 촉구했다. 여성들은 흥분을 감추지 못했다.

에멀린은 의회에서 여성참정권 법안이 충분히 논의되고 심의될 수 있도록 우선 심의권을 달라고 청했다. 급하지도 않은 다른 법안에 여성참정권 법안이 밀리는 것을 방지하기 위함이었다. 하지만 결과는 비참했다. 여성참정권 법안은 수레 보조등 법안에 밀려서 제대로 된 논의조차 해보지 못하고 끝났다. 밤에 다니는 수레의 뒤쪽에 등을 달아야 한다는 사소한 법안을 논의하느라고, 그것도 아주 천천히 아주 신중하게.

대다수 의원은 여성참정권 법안에 반대했다. 그들은 이 법안 통과를 촉구하는 여성들에게 야유를 보내며 희롱하고 경멸했다. 의회 바깥에서 시위하는 여성들은 경찰에 무자비하게 쫓겨났다. 영국 최초로 상정된 여성참정권 법안은 참으로 비루한 대우를 받으며 쓰레기통으로 들어갔다.

1905년 가을, 총선 준비가 한창이었다. 이번 선거는 자유당이 20년간 집권했던 보수당을 몰락시키고 정권을 잡을 수 있는 절호의 기회였기에, 자유당은 총력을 기울였다. 자유당은 맨체스터 자유무역홀에서 대규모 집회를 열었는데, 맨체스터 의원 후보인 윈스턴 처칠을 비롯해 자유당 중심 의원들이 참석했고, 자유당 실세인 에드워드 그레이 의원의 연설이 예정되어 있었다.

여성사회정치연합 회원들은 이 집회에 참여해서 에드워드 그레이 의원에게, 자유당이 집권당이 되면 여성참정권을 보장하겠다는 확답을 받기로 했다. 질문은 여성사회정치연합의 중심 인물인 애니 케니와 크리스타벨이 맡기로 했다.

애니 케니는 에멀린이 여성참정권 집회에서 만난 공장 노동자 출신으로, 오웬스대학의 법학과를 다니며 여성사회정치연합에서 전략가로 일하고 있는 크리스타벨과 같은 또래였고, 에멀린에게는 또 다른 딸과 같은 존재였다.

"질문에 대한 답을 얻어오든지, 아니면 오늘 밤 감옥에서 자게 되든지, 둘 중 하나예요."

크리스타벨이 각오를 다지며 말했다.

1905년 10월 13일, 자유당 대규모 집회의 막이 올랐고, 에드워드 그레이 의원의 연설이 한창 무르익을 무렵, 애니 케니가 불쑥 질문을 던졌다.

"자유당이 정권을 잡으면 여성에게 참정권을 주는 법안을 통과시킬 건가요?"

그레이 의원은 애니의 질문을 무시하고 연설을 계속했다. 그러자 크리스타벨이 'Votes For Women'이라는 질문이 적힌 깃발을 치켜들면서 물었다.

"자유당이 집권하면 여성에게 투표권을 줄 건가요?"

어떠한 답도 돌아오지 않았고, 집회는 마무리되어 해산

하려고 했다. 그러자 애니가 의자 위로 성큼 올라가서 큰 소리로 외쳤다.

"자유당은 여성에게 투표권을 줄 겁니까?"

남자 청중이 폭력을 행사하기 시작했다. 크리스타벨이 그들을 막으며 애니를 보호했지만 그 와중에 경찰과 부딪혀 팔을 다쳤다.

"우리의 질문에 답변을 요구합니다!"

애니와 크리스타벨은 계속해서 외쳤다.

경찰 무리가 급히 들어왔고, 둘은 체포되어 재판에 회부되었다. 두 사람의 죄목은 공공질서 방해죄였고, 크리스타벨에게는 경찰을 공격한 죄가 추가되었다. 즉결 심판에서 애니는 벌금 5실링을 내거나 3일 감옥살이, 크리스타벨에겐 벌금 10실링이나 일주일간의 감옥살이가 구형되었다.

두 사람 다 감옥행을 택했다.

"너희는 임무를 아주 잘 해냈다. 내가 벌금을 내줄 테니 집으로 가자."

보호자로 경찰에 온 에멀린이 말했다.

"어머니가 벌금을 내주시면 저는 다시는 집으로 안 들

어가요."

크리스타벨이 눈을 똑바로 뜨면서 말했다.

순간 에멀린은 부끄러웠고, 그 말을 깊이 후회하며 혼자서 집으로 돌아갔다.

애니와 크리스타벨 사건은 영국 전역에 큰 반향을 불러일으켰다. 언론은 이 사건을 〈맨체스터 사건〉이라고 칭하며 두 여성의 행위를 비난했다.

> 젊은 두 여성의 행위는 전례 없고 도리에 어긋나는 일이다.

> 처분이 너무 관대하다. 여성의 본분을 잊은 자들에게 벌금과 구류는 너무 가볍다.

> 두 여성의 미숙한 행동은 수감보다는 오히려 어린이로 간주해서 혼을 내야 한다.

> 〈맨체스터 사건〉은 여성들이 정치적 지위와 권력을 가질 능력이 없다는 결정적 증거다.

전통적으로 영국의 정치 집회에서 청중이 질문하면 연사가 답하는 것은 관례였다. 하지만 여성의 질문은 이런 비난에 맞닥뜨려야 했다.

에멀린은 크리스타벨과 애니의 구류 선거가 내려진 날 저녁에 스티븐슨 광장에서 처벌에 항의하는 집회를 열었고, 천여 명에 이르는 여성이 모여 처분에 울분을 토했고, 이천여 명에 이르는 여성이 애니와 크리스타벨이 석방되는 날 감옥 앞으로 몰려와 두 사람을 응원했다. 독립노동당의 키어 하디 의원은 두 여성이 받은 처우를 비난하는 성명을 발표했다.

언론은 〈맨체스터 사건〉을 잔인하게 비난했지만, 여성참정권 문제가 영국 전역에서 화제에 오르는 홍보 효과가 있었다. 또 여성사회정치연합이 알려지면서 회원이 급속도로 증가했고, 여성참정권에 대한 관심이 뜨겁게 달아올랐다.

이전까지는 보수당에 몸담았다가 그들과 뜻이 맞질 않아 자유당으로 옮긴 윈스턴 처칠은 이 사건이 발생한 맨체스터의 후보였기에 이미지 관리가 필요했다. 그는 애니와 크리스타벨이 갇힌 스트레인지웨이스 감옥을 찾아서 벌금을 내주겠다는 뜻을 전했으나 애니와 크리스타벨은 거들떠보지도 않았다.

〈맨체스터 사건〉 이후로 여성사회정치연합 회원들은 당선이 확실해 보이는 자유당 의원들의 선거 유세에 나타나 '여성에게 투표권을' 이라는 깃발을 흔들며 여성참정권 법안 관련한 질문 공세를 퍼부었고, 자유당은 이런 여성들의 처사에 곤욕을 치르기 일쑤였다.

1905년 12월, 보수당이 물러나고 자유당이 집권당을 차지했다. 수상엔 여성참정권에 우호적인 헨리 캠벨-배너먼이 올랐다. 에멀린을 비롯한 여성참정권 운동가들은 희망의 싹을 보았다.

1905년 12월 21일, 헨리 캠벨-배너먼 수상 취임식 날, 그는 런던의 로열앨버트홀에서 정부 운영 방침을 발표했다. 여성사회정치연합도 여성참정권 안건을 가지고 공식적으로 참가했다. 하지만 여성참정권에 호의적이던 캠벨-배너먼 수상은 연설이 끝나갈 때까지 여성참정권 주제를 언급하지 않았고, 심지어 임기 내내 여성참정권 문제에 침묵했다.

자유당이 집권하고 첫 의회가 1906년 2월 16일 런던에서 열리기로 했다. 여성사회정치연합은 의회가 열리는 날에 맞춰서 런던에서 대규모 집회를 계획했고, 애니 케니가 이번 집회의 리더를 맡았다. 이번 의회에서 여성참정권에 대해 논의할 것을 촉구하는 집회였다. 애니 케니는 2주 전에 미리 런던으로 가서 거리 행진을 준비했다.

어릴 때부터 그림 그리기와 글쓰기에 관심과 소질이 있었던 실비아는 2년 전에 런던에 작은 아파트를 얻어 독립해, 사우스켄싱턴의 로열예술대학에 다녔다. 전공은 미술로, 장학금을 받았다.

실비아는 집회 참여에 열정적이었고, 이번엔 특기를 살려서 자그마한 깃발을 제작해왔다. 이를 본 에멀린은 흡족해했다. 총 책임을 맡은 에멀린은 등기소 일을 잠시 딴 사람에게 맡기고 런던으로 향했다.

집회가 열리는 캑싱턴홀에는 수용 인원보다 많은 700여 명이 들어찼고, 그보다 더 많은 여성이 홀 밖을 에워쌌다. 애니 케니의 연설을 필두로 그들은 모두 여성참정권 법안을 외쳤다. 하지만 같은 시각에 열리는 그해 첫 의회에서 여성참정권 문제는 전혀 언급되질 않았고, 이 사실이 캑싱턴홀에 전해지자 집회에 모인 사람들은 '여성에게 투표권을' 깃발을 들고는 여성참정권 법안 제출을 촉구하는 거리 행진을 시작하며 위풍당당하게 하원으로 향했다.

런던의 2월은 몹시 추웠고 설상가상으로 겨울비가 세차게 퍼부었다. 그런데도 대열을 이탈하는 여성은 없었다. 이까짓 겨울비쯤이야.

여성들이 하원에 도착하자, 경찰이 막아섰다. 이미 여성들의 하원 출입을 금지하라는 명이 떨어진 터였다. 하지만 수많은 여성이 '여성에게 투표권을' 이라고 외치며 의회 바깥에서 압박하자, 의원들도 부담이 될 수밖에 없었다. 여성들의 대담하고 용기 있는 행동을 본 에멀린은 뭉클했다.

마침내 여성들이 깨어난 것이다.

"여성은 이제껏 남성을 위해서, 자식을 위해서 싸웠어요. 그런데 지금은 전엔 한 번도 해보지 않았던 일, 즉 자신을 위해 싸울 준비를 하고 있는 중입니다. 인간의 권리를 위해서 말이죠. 이제 우리의 진정한 투쟁이 시작된 겁니다."

에멀린이 말했다.

7
서프러제트가 왔다

실비아에게 런던 생활은 외롭기 그지없었다.

친화력이 부족한 실비아는 학교 친구를 사귀지 못해 늘 외로워했고, 경제적으로도 넉넉지 않아 생활고까지 겪어야 했다. 생활고를 해결하고자 실비아는 그림을 그려서 팔았고, 그중 상당액을 어머니에게 보내 가정 경제를 도왔다.

실비아는 외로운 마음을 달래려고 이틀에 한 번꼴로 어머니에게 편지를 써 자신의 일상을 전했다. 하지만 바쁜 에멀린은 답장을 자주 하질 못했고, 서운한 마음이 든 실비아는 결국 편지를 멈추었다.

얼마 뒤 남동생 헨리가 실비아와 합류했다. 어릴 때부터 몸이 약한 헨리는 사회적인 모든 문제를 남성 탓으로 돌리는 팽크허스트 가족에서 자신의 자리를 지켜내며 살기가 힘겨운 듯했다. 그는 온화하고 말 잘 듣는 아이로 자라났고, 여성사회정치연합의 일도 곧잘 도왔다.

쓸쓸한 실비아는 독립노동당의 제임스 키어 하디를 찾았다. 그녀는 그에게 의지하며 이성적으로 끌렸다. 실비아에게 키어 하디는 아버지 리처드의 빈자리를 채워주는 사람이었다. 그는 보호자이자 연인이었다. 처음에는 하디와 만날 때 헨리와 함께 갔지만, 어느새 혼자서 그를 찾기 시작했다.

독립노동당의 창설자이자 1호 의원인 키어 하디는 경제적으론 가난했다. 그는 어둡고 침침한 방에서 혼자 살았는데, 실비아는 이곳에 자주 찾아와 그와 얘기를 나누었고, 정치적으로 하디의 영향을 받아 사회주의자가 되었다.

키어 하디도 실비아에게 매력을 느꼈다. 가끔 실비아를 데리고 작은 이탈리아 레스토랑에 가서 맛있는 것을 사주었다.

하지만 두 사람은 한동안 연인 사이로 발전하지 못했다. 실비아는 스물두 살, 키어 하디는 마흔여덟으로, 스물여섯 살이라는 나이 차이가 방해도 되었지만, 그것보다는 실비아의 성적 무지가 큰 걸림돌이었다. 연애 경험이 없는 실비아는 이성 교제에 무지했다. 성교육을 전혀 받지 못한 실비아는 이성을 사귈 준비가 되어 있지 않았다. 이런 실비아에게 나이 든 그는 적극적으로 다가서지 못했다. 그렇기에 두 사람은 친구와 연인 사이의 어정쩡한 관계를 한동안 지속했다.

여성사회정치연합은 기본적으로 여성참정권에 반대하는 정당에 적대적인 태도를 보였다. 여성참정권에 호의적이었던 자유당 의원들은 정권을 잡자 태도를 확 바꾸었다. 여성의 정치 참여는 시기상조라는 것이었다. 그들은 '여성에게 투표권을' 깃발을 들고 여성참정권을 외치는 여성들을 밀치고 폭행해 체포까지 해갔다.

에멀린을 비롯한 여성사회정치연합 회원들은 분노하며 자유당 정부에 등을 돌렸다. 회원들은 자유당 의원들이 개최하는 회합에 가서 그들의 말을 끊으며 끊임없이 곤란

한 질문을 해댔고, 보궐 선거가 있을 때마다 자유당 후보들의 낙선 운동을 펼치며 강경책을 취했다. 또 자유당 의원 선거 유세 장소에 가서 그들이 내세운 공약을 제대로 지켰는지 시시콜콜 따지며 그들이 의원이 될 자격이 있는지 의구심을 피력했다.

이런 작전은 나름 효력을 발휘해서 자유당 의원 50여 석이 줄었다. 그런데도 자유당은 여전히 여성 문제에 관심을 두려고 하지 않았고, 의석수가 준 것이 여성의 영향력 때문임을 인정하질 않았다.

한번은 자유당의 터전인 중부 데번에서 에멀린이 자유당 지지자들에게 밀가루와 토마토 세례를 받으며 쫓겼다. 에멀린의 선거 방해 활동으로 자유당 후보가 떨어진 것에 대한 분풀이였다.

불행히도 에멀린은 분노한 폭도들에게 잡혔고, 땅바닥으로 내동댕이쳐졌다. 순간 에멀린은 의식을 잃었고, 정신을 차렸을 때는 거친 남자들한테 둘러싸인 채 축축한 땅바닥에 누워 있었다. 죽음의 그림자가 다가오고 있었다. 가만히 있으면 개죽음을 당할 것이 뻔했다.

"날 죽일 테냐? 이것이 너희가 말하는 진정한 남자의

모습이란 말이냐?"

에멀린이 두 눈을 부릅뜨며 고함질렀다. 순간 남자들은 움찔했지만, 에멀린에게 달려들어 폭행했다.

하늘이 도왔다. 경찰이 들이닥친 것이다. 폭도들은 도망쳤고, 에멀린은 가까스로 목숨을 구할 수 있었다. 하지만 발목에 상처를 입어 1년 넘게 절룩거리게 되었다. 이런 사태가 일어났는데도 누구 하나 체포되지 않았다.

언론도 처음엔 여성사회정치연합 활동에 냉담했다. 분수도 모르고 여자들이 설쳐서 나랏일을 망치고 있다고 보도했고, 수많은 독자가 이에 동조했다. 〈데일리 메일〉은 여성사회정치연합의 여성들을 비난하는 기사를 매일 내보냈다. 그들은 여성사회정치연합 회원들을 '서프러제트'라 칭했다. 서프러제트는 참정권을 뜻하는 Suffrage에 여성을 뜻하는 접미사 '-ette'를 붙인 말로, 여성사회정치연합의 여성들을 비아냥거리는 단어였다.

그러나 여성참정권 운동이 끝없이 이어지고 점점 체계화되는 것을 보면서 서프러제트의 외침에 귀를 기울이는 신문사가 하나둘씩 생겨나기 시작했고, '서프러제트'라는 단어는 일상으로 들어왔다. 심지어 서프러제트의 용기

와 끈기에 응원을 보내기도 했다. 〈런던 트리뷴〉의 어느 기자는 이렇게 썼다.

> 서프러제트들의 끈기는 실로 놀랍다. 집회에서 그들의 실력은 남성들보다 훨씬 더 출중했다. 그들은 남성보다 훌륭한 연설가였고, 더 논리적이고 놀라운 통찰력을 지니고 있었다.

에멀린은 영국의 여러 도시를 다니며 집회를 열었고, 여성참정권의 절실함을 피력했다.

> 여성이 인간으로, 또는 시민으로 대우를 받는 길은 여성참정권뿐입니다. 여성이 재산을 소유할 수 있고, 합리적인 경제 행위를 할 수 있도록 법을 바꾸어야 합니다. 법을 바꾸는 길은 여성이 정치에 참여하는 길밖엔 없습니다.

"남자들한테 해달라고 하면 안 될까요? 그들한테 잘 말해서 해달라고 하지, 왜 당신이 나서나요?"

집회에 참여한 많은 여성이 에멀린에게 이렇게 질문한다.

그러면 에멀린은 답한다.

> 절대로 남자들은 여자들을 위한 법을 만들지 않습니다. 그들은 여성을 자신들을 도와야 하는 존재로밖에 보지 않지요. 그들은 우리 여성에게 투표권이 생기면 자신들의 위치가 위협받을 것이고, 지금의 권위를 누리지 못하리라 생각합니다. 남성들은 여성들을 위해 한 발자국도 양보할 뜻이 없습니다. 그러니 이제 행동해야 할 때가 되었습니다. 우리의 의지를 보여주고, 우리도 한 인간으로 누릴 권리를 되찾아야 합니다.

에멀린의 목소리에는 명확함과 짙은 호소력이 담겨 있었고, 강연은 마법과도 같았다. 청중 앞에 선 에멀린은 예비로 써놓은 메모 없이도 자신감 있고 확실하게 내용을 전달했다. 여성참정권의 의미를 잘 인식하지 못한 여성들도 에멀린의 강연을 듣고는 여성참정권의 필요성을 절감하며 여성참정권론자가 되곤 했다.

에멀린의 외모도 한몫했다. 키가 작은 에멀린은 높은 구두에 벨벳 드레스를 입고는 우아함을 자아냈기에, 급진적인 사회 개혁 활동가라는 이미지와는 대조를 이루었고, 이것은 호감으로 작용했다.

8
여성에게 투표권을
Votes for Women

에멀린 팽크허스트와 이름이 같은 에멀린 페식도 여성참정권 운동가였다. 그녀는 프레더릭 로런스와 결혼했다. 프레더릭 로런스는 귀족 집안의 부유한 사업가로, 여성참정권을 옹호했고 사회주의자였다.

1906년 에멀린은 키어 하디의 소개로 로런스 부부와 만났다. 이 만남 이후 로런스 부부는 에멀린의 사회적·정치적 동지이자 경제적 후원자가 되었다.

에멀린이 이끄는 여성사회정치연합은 꾸준히 성장했지만 아직은 체계적인 조직력이 부족한 상태였고 경영도 부실한 편이었다. 이런 문제점을 페식 로런스가 해결했다.

그녀가 여성사회정치연합의 재무를 맡으면서 재정이 안정되었다. 페식 로런스는 기부금을 모으는 데 천부적인 소질이 있었기에, 연합의 재정은 날로 탄탄해졌다. 또 스스로도 아낌없이 기부에 참여했다.

여성사회정치연합에 들어온 지 1년쯤 지난 1907년, 페식 로런스는 남편과 함께 여성사회정치연합 산하 신문인 〈Votes for Women〉을 창간해, 서프러제트의 활동 상황과 정치 현안을 실었다. 크리스타벨도 이곳에 수많은 글과 의견을 게재해 대중과 소통했다.

페식 로런스와 비슷한 시기에 플로라 드러먼드도 여성사회정치연합에 합류했다. 그녀는 행동파 여성으로 언제나 집회 선두에 섰고, '장군님'이라 불릴 정도로 용감했다. 페식 로런스와 플로라 드러먼드는 에멀린의 든든한 동지이자 후원자였다.

1908년 2월 11일, 캑싱턴홀에서 의회가 열렸고, 서프러제트들은 여성참정권 법안 제출을 요구하며 캑싱턴홀로 향했다. 에멀린이 직접 의회에 여성참정권 법안을 제출할 계획이었다. 이것은 체포를 각오한 시도로, 일부 회원들은 위험하다며 반대하고 나섰다.

에멀린은 아무리 위험하다고 해도 자신이 해야 할 일이라는 것을 잘 알고 있었다. 크리스타벨과 애니가 분위기를 잡기로 했다. 마차 두 대를 빌려서 하나엔 애니가, 다른 하나에는 크리스타벨이 탔다. 그들은 선두에 서서 군중을 독려하며 행진을 선도했다. 에멀린은 얼마 전에 다친 다리를 절룩이면서 마차 바로 뒤를 바짝 따랐고, 지역별 리더 13명이 에멀린의 뒤를 이었다.

"여성들이여! 어서 투표하러 갑시다!"

"부유한 여성들과 중산층 여성들이여! 어서 나와서 함께합시다!"

선두에서 마차를 탄 크리스타벨과 애니는 이렇게 외치며 군중을 흥분시켰다.

행렬은 많은 여성이 계속 합류해 엄청난 무리를 이루었다. 마치 즐거운 놀이를 하는 행진과도 같았다. 크리스타벨과 애니를 전면에 내세운 계획은 적중해 엄청난 호응을 불러일으켰다. 사람들은 젊은 두 여성의 외침에 크게 반응했다. 〈데일리 미러〉는 '똑똑한 서프러제트 전면에 서다'라는 제목의 기사를 뽑았다.

파란 눈에 뛰어난 외모를 지닌 미스 애니 케니는 모자 도 쓰지 않은 채 이륜마차에 서서 집회를 주도했다. 도 도한 미모의 미스 크리스타벨 팽크허스트는 또 다른 마 차에 타서 직접 사람들을 이끌었다. 그녀가 탄 마차는 경찰이 통행을 막으며 제지할 때 전복될 뻔했다.

평소대로 우아하게 차려입은 에멀린은 13명의 리더 선두에 서서 하원 입구에 도착했고, 그들의 비호를 받으며 의회 진입을 시도했다. 하지만 무장한 경찰에 막혔다. 여러 차례 경찰의 벽을 뚫고 의회 진입을 시도했으나 결국 체포되었다. 그날 체포된 사람은 에멀린과 애니 케니를 포함해서 54명이었다. 크리스타벨은 제외되었다.

다음 날 웨스트민스터 경찰법정에서 재판이 열렸다. 기가 막힌 재판이었다. 검사들은 있지도 않은 일들을 만들어내어 체포된 여성들에게 죄를 뒤집어씌웠다. 그들은 여성들이 경찰에 폭력을 행사하며 천박하게 굴었다고 진술했다. 여성들에겐 항변할 기회조차 주질 않았고, 에멀린은 6주간의 형을 선고받았다.

에멀린과 일행은 홀로웨이 감옥에 갇혔다. 감옥은 오래

되어서 환기가 되질 않아 악취가 났다. 이제껏 오랜 집회 활동을 해왔지만, 이렇게 감옥에 갇히기는 처음이었다. 공포가 밀려왔고, 한 달 반이나 이 어둡고 추운 감옥에서 지내야 한다고 생각하니 두렵기 짝이 없었다. 또 함께 수감된 동료들 생각에 잠을 이룰 수 없었다.

"나는 밤새 추위에 떨면서 숨을 헐떡였고, 고통스러워서 한숨도 자지 못했어요."

에멀린이 말했다.

리더가 갇히자, 여성사회정치연합은 슬픔을 절제하며 금욕의 시간을 보냈다. 그들은 차와 커피, 코코아 등 일상적으로 접하는 것을 끊고 절약한 돈으로 여성의 장신구와 도자기, 장난감, 꽃 등을 샀다. 그것들을 기반으로 여성참정권 기부금 바자회를 열 계획이다.

바자회는 에멀린의 투옥을 고발하고, 여성들의 참여를 이끌어내는 데 목적이 있었다. 미래의 노벨문학상 수상자 존 골즈워디와 스타 소설가 메이 싱클레어의 서명이 들어간 작품들을 비롯해 수많은 물품이 바자회에 기부되었다.

에멀린의 석방 예정일 하루 전인 1908년 3월 19일 밤,

그동안 준비한 바자회를 앨버트홀에서 대대적으로 열기로 했다. 의장인 에멀린의 자리에는 '팽크허스트 여사의 의자'라는 문구가 적힌 플래카드와 함께 빈 의자가 놓였다. 텅 빈 의자는 바자회에 참석한 7천여 명의 마음을 뭉클하게 했다.

그런데 돌연히 에멀린이 석방 예정일 하루 먼저 풀려났다. 에멀린은 영문도 모른 채 낮 2시에 감옥 문을 나섰다.

자유당 정부가 에멀린을 바자회 날 풀어준 것은 자선 바자회를 망치고 싶었기 때문이다. 에멀린의 투옥을 부각해서 여성들의 참여를 이끌어내려고 한 여성사회정치연합의 작전을 방해하려는 의도였다. 또 미리 에멀린을 석방하여 자신들의 선의를 알리려 했다.

하지만 그런 얄팍한 작전은 실패로 돌아갔다.

집으로 돌아온 에멀린은 푹신한 침대에 잠깐 누웠다. 몸이 스르르 녹아내렸다. 너무 고단하고 피곤해서 영원히 잠들 것만 같았다. 하지만 억지로 몸을 일으켜 목욕하고 옷을 갈아입고는 크리스타벨과 함께 바자회가 열리는 앨버트홀로 향했다. 그들이 도착하니, 행사는 이미 시작되었고, 연단 의장 자리에는 빈 의자가 놓여 있었다. '팽크허스트 여사의 의자' 라는 문구와 함께.

순간 에멀린은 감정이 복받쳐오며 현기증이 일었다. 크리스타벨이 무대로 나가서 에멀린이 석방되었음을 알리자, 에멀린은 겨우 발걸음을 떼어 그 의자에 가서 앉았다. 이 모습을 지켜본 7천여 명의 사람들은 벌떡 일어서서 환호하고 손수건을 흔들며 에멀린을 맞이했다. 의자에 앉아서 잠시 감정을 가라앉힌 뒤 에멀린은 일어서서 단상으로 갔다.

> 남자들이 만든 이 멍청한 세상을 둘러보고는, 지금 우리 여성들의 땀과 노고를 바라봅니다. 이제 말합니다. 남자들이 아주 오랫동안 이런 일들을 자행해왔지만 더 이상은 그렇게 하지 못하게 할 것이라고요. 우리는 이런 세상이 지긋지긋합니다. 그래서 우리는 사용되기를 원합니다. 남자와 여자가 지금보다 훨씬 더 나은 세상에서 살게 하기 위해서 말입니다.

그날 자선 바자회는 7천 파운드가 넘는 기금을 모으며 대대적인 성공을 거두었다. 결과적으로 자유당 정부는 에멀린을 석방해서 자선 바자회를 돕왔고, 여성참정권 법안을 논의해야 한다는 압박에 시달려야 했다.

9
하이드파크의 여성 혁명

1908년 4월, 그나마 여성참정권에 우호적이었던 헨리 캠벨-배너먼 수상이 건강상의 이유로 사직하고, 재무장관인 애스퀴스가 수상에 올랐다. 애스퀴스는 여성참정권에 적대적인 인물이었다. 그가 수상이 되자, 여성사회정치연합의 활동은 더욱 힘들어질 것이었다.

수상이 된 애스퀴스도 현 선거 제도의 여러 문제점을 인정하고는, 선거법 개혁 법안을 검토 중이었다. 에멀린은 그 개혁안에 여성참정권 법안을 추가할 것을 강력히 요구했다. 새 수상은 여론을 의식해서, 의원들이 찬성하고 민주주의 절차에 어긋나지 않는다면, 여성참정권 법안도 개혁안에 넣겠다고, 속마음과는 전혀 다른 뜻을 내비치며 정치 이미지를 관리했다. 내무장관 허버트 글래드스턴은 차라리 솔직했다.

"나는 여성참정권에 찬성합니다. 하지만 여성참정권 법안은 통과하지 못할 것입니다. 영국의 어떤 정당도 여성들이 정치에 참여하는 것을 원치 않으니까요. 그러니 여성들은 현실을 직시하고 우리 남성들이 참정권을 얻기 위해서 과거에 했던 노력과 단계를 거쳐야 할 것입니다. 남성들은 끊임없이 집회를 열었고, 많은 희생을 감내하며 단계적으로 참정권을 쟁취했습니다. 아마도 여성들이 그만큼의 군중을 모을 수는 없겠지만, 권력은 군중으로부터 나오니 부단히 노력해야 할 것입니다."

허버트 글래드스턴 내무장관이 비아냥거리자, 자극받은 에멀린은 그에게 여성들의 힘을 보여주기로 했다.

"우리라고 못 할 것도 없지."

에멀린은 그의 도전에 당당히 응했다. 집회 장소는 런던의 중심 공원인 하이드파크로 정했다. 하이드파크는 원래 왕실의 개인 정원이었는데, 1635년에 일반 대중의 것이 되었다. 남성들이 하이드파크에 모은 역대 최대 집회

군중은 7만2천 명 정도였다. 에멀린은 이것에 도전장을 냈다. 그것도 통 크게, 25만 명을 모으겠다고 공언했다.

"허, 참."

남성들은 에멀린의 이 공언에 실소했다.

하지만 에멀린은 본때를 보일 생각이었다. 이 기회에 여성의 힘을 제대로 보여줄 참이었다. 여성사회정치연합은 수십 개 그룹으로 나누어서 홍보를 시작했는데, 분필과 전단을 들고 큰길은 물론 골목까지 누볐다. 각 지역을 대표하는 20명의 리더 사진과 집회 약도가 그려진 수많은 대형 포스터를 제작해 붙였으며, 배까지 빌려서 템스강을 돌면서 홍보했다. 지금까지의 어떤 집회 비용보다 훨씬 많은 홍보비가 들었고, 회원들과 후원자들 개개인의 주머니에서 나온 돈도 상당했다.

팽크허스트 가족도 하이드파크 집회 준비에 전원 참여했다. 건축 일을 시작한 18세 헨리는 분필을 들고 거리를 활보하며 집회 장소와 일정을 상세히 적었고, 홍보 포스터를 붙였다.

하이드파크 집회는 20개 그룹으로 나뉘어 그룹의 리더들과 인사들이 연설을 하기로 했는데, 연사만도 80명이 넘었다. 실비아와 아델라는 비상 연사로 만약을 대비했다.

1908년 6월 21일 일요일, 화사한 햇살이 가득한 하이드파크에 하얀 드레스에 꽃 장식 모자를 쓴 여성이 구름처럼 몰려들었다. 30대가 넘는 기차가 영국 전역에서 그들을 태우고 런던으로 들어왔다. 그들은 새하얀 장미 송이들 같았다. 참으로 경이로운 광경이었다.

하이드파크엔 일정한 간격을 두고 20개의 연단이 설치되었고, 나팔 소리를 필두로 네다섯 명의 연사들이 연설했다. 참으로 거대한 축제였다. 여기저기서 환호와 박수갈채가 쏟아졌다.

오후 5시에 나팔 소리와 함께 연설이 끝났고, 여성들은 '여성에게 투표권을' 이라고 외치며 거리 행진을 시작했다. H.G. 웰즈, 토마스 하디, 이스라엘 쟁윌, 버나드 쇼 등 당시 영국을 대표하는 문인들이 하이드파크 집회를 응원했고, 그 아내들이 참석했다.

위대한 리더 에멀린을 상징하는 거대한 현수막들이 밝은 햇살 아래 수많은 여성의 머리 위에서 나부꼈다. 크리스타벨은 애스퀴스 수상을 하이드파크로 초대해서 여성들의 힘을 보이고 그의 견해를 듣고자 했지만, 수상은 자신의 태도에 변화가 없다며 초대에 거부했다.

앞서서 애스퀴스 수상은 여성참정권 법안 발의가 민주주의 절차에 어긋나지 않는다면 발의하겠다고 공언했었다. 그래서 여성들은 민주주의 원칙에 따라 집회를 열었고, 그를 초대했다. 하지만 그는 초대를 거부했고, 이 거부는 그가 민주적으로 여성참정권 법안을 발의하겠다고 한 말이 거짓임을, 그가 위선자임을 증명한 것이다.

다음 날 아침, 〈런던타임스〉는 이렇게 보도했다.

> 집회를 주관한 여성사회정치연합의 의장 에멀린 팽크허스트는 25만 명 모집을 목표로 했는데 그보다 두 배, 아니 어쩌면 세 배 이상은 모인 것 같았다. 하늘의 별을 셀 수 없듯이, 하이드파크에 모인 여성들 또한 헤아릴 수 없었다.

또 〈데일리 익스프레스〉는 이렇게 전했다.

이제껏 영국 어느 곳에서도 이번 'Women's Sunday' 만큼 많이 모인 적은 없었다. 군중이 구름처럼 몰리는 허버트 글래드스턴의 집회도 이번 'Women's Sunday'에 모인 여성과 비교하면 초라하다 할 만하다.

사람들은 하이드파크 집회를 'Women's Sunday'라고 불렀고, 영국 역사에 영원히 남을 집회로 기록되었다. 이것은 여성 혁명이었다.

10

법을 어기지 않은 죄수들

남성들이 선거권을 쟁취한 방식으로, 여성도 남성과 다를 바 없다는, 아니 오히려 더 나은 결과를 낳을 수도 있다는 것을 증명해 보였지만, 여전히 남성 정치가들은 침묵했다. 애스퀴스 수상도, 글래드스턴 내무장관도. 결국 'Women' s Sunday' 는 여성참정권 법안 발의를 이끌어내지는 못했다.

하지만 에멀린은 이번 하이드파크 집회에서 여성들의 저력을 보았다. 분명히 여성들은 이 길고 고단한 전투에서 승리할 것임을 확신할 수 있었다. 그리고 하이드파크 집회를 계기로 에멀린 팽크허스트는 영국 전역에 이름을 알렸고, 스타로 부상했다.

에멀린은 여성참정권 운동이 잦아질수록 등기소를 다니기가 어려워졌다. 등기소장에게 이미 몇 차례 경고를 받은 상태였다. 에멀린은 유일한 수입원인 등기소를 포기하고 싶지 않았고, 보람도 있는 일이어서 어떻게 하든 자리를 지켜보려고 애썼다. 그래서 먼 곳의 집회에 참석했다가 한숨도 못 자고 아침에 출근하기 일쑤였다. 그러자 건강에 빨간불이 켜졌다.

에멀린의 고민을 옆에서 봐온 페식 로런스가 한 가지 제안을 했다. 자신이 생활비를 지원할 테니 여성사회정치연합 일에 몰두하라는 것이었다. 더는 등기소를 지킬 수 없음을 직감한 에멀린은 이 제안을 받아들여 등기소를 그만두고 본격적으로 지방을 돌면서 강연과 집회 일에 집중했다. 그러자 생활이 더 불규칙해졌다. 집에 들어가지 못하는 경우가 허다했다.

"대중의 환호를 받으면서도 어머니는 종종 외로움을 느꼈어요. 어머니의 삶은 가혹했고 개인적인 즐거움은 없었어요."

훗날 실비아가 에멀린의 개인적인 삶에 대해 말했다.

1908년 6월 30일, 여성사회정치연합은 또다시 대규모 집회를 열었다. 이번 집회도 캑싱턴홀에서 질서정연하게 진행되었다. 여성사회정치연합은 애스퀴스 수상에게, 오후 4시 반에 대표단을 꾸려 만나러 가겠다는 편지를 보내놓았다.

에멀린과 페식 로런스를 비롯한 11명의 대표단이 하원을 향해 출발했다. 하원에 도착하자, 당연히 경찰과 맞닥뜨렸고, 대표단은 애스퀴스 수상과의 만남을 청했다. 이번에도 수상은 거부했다. 대표단은 수상에게 다시 만남을 청하며 끈기 있게 기다렸다. 그러는 사이 캑싱턴홀에 모였던 여성들과 시민들이 합세해 10만 명가량의 여성이 하원을 에워싸며 수상이 요청을 수락할 것을 요구했다.

날이 저물었는데도 수상이 침묵하자, 11명의 대표단은 하원 진입을 시도했다. 그러자 경찰의 무자비한 진압이 시작되었다. 30명에 가까운 여성이 체포되었고, 두 달가량의 형량이 내려졌다. 여기엔 아델라와 애니 케니, 페식 로런스가 포함되었다. 실비아는 이 선고에 강력히 항의했고, 법정 소란죄로 투옥되었다.

여성들은 분노했다.

여성사회정치연합 소속의 메리 리와 이디스 뉴는 화가 머리끝까지 치밀어 올라서 택시를 잡아타고 다우닝 스트리트에 있는 애스퀴스 수상의 집으로 갔다. 그리고 돌멩이를 집어 들고 있는 힘껏 던져서 창문을 깨부쉈다.

"다음번에는 폭탄을 던질 테다."

메리 리가 거칠게 내뱉었다.

영국에서 창문을 깨는 행위는 정치적 불만을 표출하는 전통 방식 중 하나였다. 남성들은 자신의 정치적 의견을 이렇게 다소 과격한 방식으로 표현했다. 그렇다고 경찰에 체포되는 일은 거의 없었다. 꽤 큰 재산상의 손실이 발생하더라도 말이다.

하지만 이번엔 달랐다.

남성들은 창문을 깨며 정치적 소신을 드러내도 괜찮았지만, 여성들은 그러면 안 되었다. 메리 리와 이디스 뉴는 창문 두 개만 깼을 뿐인데도 체포되었고, 정부는 그 행위를 여성사회정치연합의 과실로 돌렸다. 창문을 깬 두 회원은 여성사회정치연합의 허락을 받지 않고 한 개인적인 행동이라며 연합을 탈퇴하겠다고 했다. 두 여성은 여성사회정치연합에 해를 끼칠 것을 염려했다.

경찰은 여성사회정치연합의 분열을 조장할 목적으로, 에멀린에게 두 여성을 탈퇴시키면 조용히 일을 처리하겠다는 거래를 해왔다. 하지만 에멀린은 오히려 감옥에 찾아가서 그들의 행동은 여성사회정치연합 계획의 일부였다고 승인해주었다.

여성사회정치연합의 분열을 조장하려던 경찰의 계획은 무산되었고, 두 여성은 2개월의 형량을 받았다. 이것은 영국에서 처음으로 여성이 창문을 깨서 정치적 소신을 드러낸 사건으로 기록되었다.

일이 틀어지자, 경찰은 강경책을 쓰기로 작전을 바꾸고 에멀린을 밤낮으로 감시했다. 집회 연설을 꼼꼼히 받아 적으며 그녀를 체포할 구실을 잡으려고 눈을 부릅떴다.

1908년은 참으로 큰 집회가 많은 한 해였다. 10월 11일 일요일, 또 트래펄가 광장에서 대규모 집회가 열렸다. 여성정치연합은 '10월 13일에 서프러제트를 도와 하원을 습격합시다'라는 홍보지를 돌렸다. 에멀린의 연설을 필두로 크리스타벨과 플로라 드러먼드의 연설이 이어졌다. 이 집회에는 재무장관 로이드 조지와 내무장관 허버트 글래드스턴을 비롯해 여러 장관이 나와서 집회 분위기를 살폈다.

위기감을 느낀 정부는 연설한 에멀린과 크리스타벨, 드러먼드를 체포했다. 하원을 습격하라고 대중을 선동한 전단을 발행하고 불법적인 행동을 사주한 죄가 체포의 원인이라고 했다. 모두 37명이 체포되었다.

다음 날 아침, 에멀린과 크리스타벨, 드러먼드의 재판이 열렸다. 법대를 나온 크리스타벨은 배심원 앞에서 재판받을 수 있게 해달라고 요청했지만, 치안판사인 커티스 버넷이 즉석에서 거부했다.

트래펄가 집회 현장에 있었던 조지 재무장관과 글래드스턴 내무장관이 반대 측 증인으로 출석했다. 누구보다도 법을 잘 아는 크리스타벨은 첫 증인인 조지에게 진실로 여성들이 재산을 파손하고 폭력을 행사했는지를 조목조목 따져 물었고, 결국 그는 집회 연설이 선동적이지 않았고, 참석한 군중도 특별히 불법을 저지르지 않았다고 인정해야 했다.

두 번째 증인인 글래드스턴 내무장관은 자신감에 찬 태도로 증인석에 올랐다. 비장한 크리스타벨은 그가 판사를 사주해서 서프러제트들을 감옥에 보낸 일을 지적했고, 일전에 그가 여성이 남성처럼 조직적으로 투쟁할 수 없기 때문에 여성들이 투표권을 얻지 못할 거라는 말을 했다는 사실을 시인토록 했다. 그러고는 스스로 변론했다.

> 정부는 우리가 배심원 앞에서 재판을 받지 못하도록 가로막았습니다. 무죄 판결을 받을 것이 두려웠기 때문입니다. 그래서 우리는 배심원 앞에서 재판을 받을 권리를 빼앗겼고, 항소권마저 빼앗겼습니다. 글래드스턴은 나가서 남자들이 투쟁했던 것처럼 싸우라고 했습니다. 그래서 우리는 행동했고, 대중이 이에 동조하자, 그는 입장을 싹 바꿔서 우리를 억압했습니다. (중략)
> 우리가 자유당 정부에 요구하는 것은 인간의 본질적인 기본 권리입니다. 그리고 현 정부가 우리의 선거권 요구를 부당하다고 치부한다면 그것은 정치적 지도력의 붕괴를 의미합니다. 그렇습니다. 그들의 리더십은 이미 산산이 부서져 불신으로 얼룩졌습니다. 그들이 지지를 얻는 곳은 이 법정에서뿐입니다.

크리스타벨의 변론이 끝나자, 치안판사의 얼굴이 붉으락푸르락했다. 판사를 비롯한 청중은 크리스타벨의 법률 지식과 논리에 감탄했고, 정부 측 사람들조차도 그녀의 법적 지식과 논리를 인정하지 않을 수 없었다.

이 재판은 크리스타벨에겐 중요한 전환점이었다. 자신의 존재감을 널리 알리면서 정치적 인물로 성장했기 때문이다. 법률 지식으로 무장한 이 여성을 정부는 어찌 처리해야 할지 골머리를 앓아야 했다. 영국 정부로선 지식인 여성은 피곤한 존재일 뿐이었다.

이제 에멀린의 차례였다. 에멀린은 딸을 자랑스럽게 여기며 침착하게 일어서서 변론을 시작했다.

> 지금의 법은 남성들이 여성이 약자라는 사실을 이용하도록 부추기고 있습니다. 그래서 우리는 법을 바꿔보고자 온갖 노력을 다하는 중입니다만 아직은 아무 결과물이 없습니다. 우리 여성이 하원으로 가서 우리의 요구를 아무리 끊임없이 주장해도 그들은 요지부동입니다. 우리 여성들은 영국 역사상 어떤 개혁을 위해서 했던 어떤 청원보다도 더 많은 서명 청원서를 제출했고, 어

떤 개혁을 위해서 개최했던 어떤 집회보다도 더 큰 집회를 개최했습니다.
남자들은 이미 얻은 권리인데 우리는 얻을 수 없다고 합니다. 우리는 여성 조상들로부터 물려받은 소심함을 어렵사리 극복하고는, 대중 앞에 섰습니다. 그런데도 조롱당하고 경멸받고 오해받았습니다. 돌멩이나 달걀 세례와 같은 폭력을 당하기 일쑤였습니다. 우린 이런 폭력 앞에 어떤 방어막이나 보호막 없이 무방비로 노출되었습니다. (중략)
그래도 우리는 참정권 운동을 계속할 것입니다. 우리의 명예가 달려 있기 때문입니다. 남성 조상이 그랬듯이, 우리도 이 세상을 여성 후손이 더 살기 나은 곳으로 만들어야 하는 의무가 있습니다.
우리는 폭력을 쓰지 않았고 오히려 다른 사람의 폭력에 우리를 내맡겼습니다. 우리는 법을 어겼기 때문에 이곳에 와 있는 게 아니라, 법을 만드는 사람이 되려고 이곳에 와 있습니다.

에멀린이 변론을 끝내자 여기저기서 훌쩍이는 소리가

들려왔다. 심지어 경찰들과 기자들까지도 눈시울이 뜨거워졌다. 에멀린에게 치우친 분위기를 서둘러 무마한 치안 판사는 집회를 더 개최하지 않는다면 집행유예를 선고하겠다고 유혹했지만, 에멀린 일행은 이를 거부했다. 결국 크리스타벨에겐 10주, 에멀린과 플로라 드러먼드에게는 3개월의 형량이 선고되었다.

11
나는 정치범이 되고 싶다

에멀린 일행은 홀로웨이 감옥에 갇혔다. 그곳에서 에멀린은 골칫덩이였다. 처음부터 자신들을 일반 감옥이 아닌 정치범 수용소로 보내달라고 요구했다. 살인자나 도둑과 같은 취급을 받는 것은 용납할 수 없다며 한 치의 양보 없이 항의하며 진정서를 냈다.

> 나라 운영을 제대로 하지 못한 이유로 정치범이 생산되고 있다. 정치범을 사회의 복지를 해치는 범죄자처럼 취급하는 건 받아들일 수 없다. 그러니 이 나라 여성의 존엄을 위해서, 이 나라 남성의 양심을 위해서, 나는 여

성참정권 운동가들을 일반 범죄자 취급하는 걸 절대로 그냥 넘어가지 않을 것이다.

교도소장은 에멀린 일행이 정치범이라는 것을 인정했지만, 글래드스턴 내무장관의 거부로 그들은 일반 죄수 수용소에 갇혔다.

수감 생활은 춥고 고단했다. 그중에서도 침묵은 견딜 수 없는 고통이었다. 죄수들은 교도관이 묻는 말에 대답하는 것 외에는 아무 말도 할 수 없었다. 결국 에멀린은 참지 못하고 마당에서 만난 크리스타벨에게 달려가서 말을 걸었다. 그러자 급하게 간수가 달려왔다.

"이러시면 안 됩니다."

"나는 내 딸에게 말할 권리가 있다!"

에멀린이 소리 높여 외쳤다. 그러고는 크리스타벨과 대화를 나누었다.

에멀린은 독방에 갇혔다.

함께 투옥된 장군님 드러먼드는 갑자기 쓰러졌다. 진찰 결과 임신 초기임이 밝혀졌고, 정부는 고민 끝에 드러먼드를 석방했다.

크리스타벨도 아팠다. 축축한 감옥 생활이 그녀의 정서를 불안정하게 했다. 이번이 세 번째 투옥인 크리스타벨은 점점 기간이 늘어나는 감옥 생활을 힘겹게 해나갔다.

이 사실을 뒤늦게 안 에멀린은 딸과의 면담을 청했지만, 거부당했다. 하지만 에멀린은 매일 면담을 청했고, 신문도 넣어달라고 요구했다.

거의 매일 수많은 서프러제트가 홀로웨이 감옥 입구와 하원 입구에 몰려가서 시위했다. 그들은 죄수복을 입고는, 에멀린 일행을 북돋는 노래를 밤새 목청껏 불렀다.

깊은 밤, 잠 못 이루는 밤에 감옥 입구에서 희미하게 들려오는 동지들의 노래를 듣고 있자면 에멀린은 큰 위로를 받았다.

마침내 서프러제트들의 죄수복 시위가 효력을 발휘했다. 이색 시위는 주변의 시선을 끌었고, 정부는 여론을 의식해서 크리스타벨과의 만남도, 신문도 허락했다. 덕분에 둘은 매일 한 시간씩 운동 시간에 만났다. 어머니와의 만남 덕분에 크리스타벨은 힘겨운 감옥 생활을 이겨낼 수 있었다.

1908년 12월 19일, 크리스타벨 석방이 3일 남은 날 느닷없이 크리스타벨과 에멀린이 함께 석방되었다. 에멀린의 형량은 아직 2주나 더 남아 있었다.

에멀린과 크리스타벨이 함께 수감된 뒤로 두 사람에게 세상의 이목이 쏠렸다. 언론은 모녀의 수감 생활과, 감옥 앞에서 벌어지는 죄수복 입은 여성들의 이색 집회를 연이어 보도했다. 이에 부담을 느낀 정부는 서둘러서 이 두 사람을 석방하기로 했다.

토요일 밤, 뜻밖의 석방이었기에 에멀린과 크리스타벨을 마중 나온 사람은 없었다. 이것은 정부의 계략이었다. 석방 날짜에 기자들과 시민들이 몰려오는 것을 방지하기 위해서, 일부러 토요일 밤을 선택한 것이다.

감옥 문이 열리며 에멀린과 크리스타벨이 나오자, 앞에서 죄수복을 입고 시위하던 여성들이 깜짝 놀라서 몰려왔다. 에멀린은 그들 한 명 한 명과 다 인사하면서 고마움을 전하고는 자리를 떠났다. 토요일 밤이라 여성사회정치연합의 사무실 문도 닫혀 있었다. 난감해진 두 사람은 기차를 타고 도킹의 페식 로런스 집으로 향했다. 역시 놀란 로런스 부부가 그들을 맞았고, 애니에게 연락이 닿았다.

3일 뒤인 22일에 퀸즈홀에서 크리스타벨 석방 축하 집회가 있었다. 애니가 뜻밖에 크리스타벨에 이어 에멀린을 호명하자, 사람들의 환호가 끊이질 않았다. 크리스타벨 다음으로 연단에 오른 에멀린은 투옥의 경험을 이야기하며 한 가지 제안을 했다.

> 우리는 일반 죄수가 아닙니다. 그런데도 정부는 우리를 범죄자 취급합니다. 이것은 받아들일 수 없는 일입니다. 아주 드물게 남자들이 집회 도중 체포되면 그들은 정치범 수용소로 갑니다. 그러니 우리가 정치범으로 대우받을 때까지 일반 감옥의 규율을 지키지 말 것을 제안합니다. 침묵하지 마세요. 우리가 그곳에서 침묵할 어떤 이유도 없습니다. 신문을 달라고 하세요…….

축제를 마친 에멀린은 애니와 크리스타벨과 함께 다시 페식 로런스 집으로 갔다. 자유로워진 에멀린은 로런스 부부의 집에서 보낸 며칠의 휴식이 여유롭고 행복했다. 세상에서 가장 사랑하는 크리스타벨과, 딸과 같은 애니, 제일 의지가 되는 동료 로런스 부부와 함께하는 크리스마스는 마치 축복 같았다.

크리스타벨은 에멀린의 완벽한 딸이었다. 결혼이나 연애에 마음이 흔들리지 않았고, 서프러제트의 우상이었다. 크리스타벨은 여성참정권 운동이 노동 계급 여성들이 임금과 같은 자신들의 다른 문제를 해결하려는 대의와 결부되어선 안 된다고 주장했다. 이것은 여성참정권 운동의 발목만 잡을 뿐, 전혀 도움이 안 되며, 여성이 투표권을 갖게 되면 시간이 걸리더라도 해결될 문제라고 보았다. 또 크리스타벨은 카리스마 넘치는 연설가였고, 헨리와 아델라처럼 나약하지도 않았다. 크리스타벨은 에멀린의 완벽한 자부심이었다.

그러나 다른 자녀들은 에멀린의 관심에서 조금 멀어져 있었다. 특히 몸이 허약한 헨리는 팽크허스트 가족 중에서 존재감이 가장 미약했다. 그는 다니던 건축 사무실이 파산해서 백수가 되었다. 서기 공부를 해보라는 큰누나의 제안에 따라 속기와 타이핑을 배웠지만, 딱히 써먹을 기회는 없었다.

이 시기에 헨리는 사랑에 빠졌다. 상대는 자유당 맨체스터 보궐 선거 방해 운동을 하다가 만난 헬렌 크레그스였다. 스물한 살이고, 교사이며 서프러제트였다. 처음부터 헨리는 헬렌에게 푹 빠졌다. 첫사랑이었다.

헨리는 용기가 부족했고, 헬렌은 수줍음을 탔다. 그렇기에 두 사람의 관계는 진척되질 않았다. 어느 날 헨리는 헬렌을 '트로이의 헬렌'에 빗대어 자신의 사랑을 시로 표현했다.

> 사랑하는 그대를 보았지,
> 전부터 계속 보고 있었지,
> 고대 그리스인이었을 때부터.
> 오, 헬렌, 트로이 성곽에서 말해줘요.
> 거대한 성곽으로 들어갈 비밀을,
> 그래서 내가 그대에게 닿을 수 있기를,
> 사랑하는 그대여!

헨리는 '자연'에 관심이 많았다. 이 사실을 안 에멀린은 아들이 시골 생활을 체험하는 것도 나쁘지 않다고 생각해서, 여성사회정치연합의 후원자인 조셉 필스가 운영하는 농장에서 생활해보는 것을 제안했다.

헨리는 내키지 않았다. 특히 헬렌을 떠나고 싶은 마음이 없었다. 그런데도 마음이 착한 헨리는 어머니의 의견을 존중해 에식스주 메이랜드의 농장으로 떠났다. 하지만 헨리를 농장으로 보낸 것은 에멀린의 실수였다. 그곳은 생활 환경이 불결했고, 농장 일이 많아서 헨리의 건강을 위협했다. 그런데도 헨리는 불평하지 않고 농장 사람들과 친하게 지내 인기가 있었다.

태생부터 약했던 아델라는 초등학교 교사로 스물네 살이었고, 역시 서프러제트였다. 아델라는 연설에 재능이 많았는데도 에멀린의 인정을 받지 못했다. 에멀린의 애정이 부족했던 아델라는 애니 케니를 질투했다.

"어머니는 애니를 마치 자식처럼 사랑했어요."

아델라가 말했다.

에멀린이 아델라에게 관용이 부족한 건 사실이었다. 특히 몸이 약한 것을 내색하지 못하게 했다. 그렇기에 아델라는 에멀린에게 칭찬보다는 꾸중을 듣고 자라났다. 어머니의 이런 성향을 잘 아는 아델라는 아프다고 투정 한 번 제대로 부리지 못했다.

12
형벌

1909년 6월 22일, 서프러제트인 윌러스 던롭이 하원 돌담에 권리장전의 글귀를 새겨, 여성참정권의 정당함을 알렸다.

> 모든 시민은 청원할 권리가 있고, 청원을 문제 삼아서 투옥하거나 기소하는 조치는 모두 불법이다(권리장전).

> 위의 권리장전에서 보았듯이, 남성뿐 아니라 여성도 헌법적으로 권리가 있다. 그러니 여성들도 그 권리를 행사하겠다.

던롭은 체포되어 한 달간 갇혔다. 그녀는 정치범 대우를 요구했지만, 받아들여지지 않았다. 그러자 항의의 표시로 단식을 선택했다. 물 한 모금 입에 대지 않았다. 그렇게 수일이 지났고, 던롭의 목숨이 위태로워졌다.

하원 돌담에 새긴 권리장전 글귀는 언론의 이목을 끌었고, 그런 이유로 체포된 던롭에게 연민과 분노의 여론이 일었다. 의회의 입장도 난처해졌다. 그들은 던롭이 사망하면 세상의 이목이 더욱 집중될 것을 우려해서 일주일 만에 석방했다.

던롭의 투옥에 분개한 에멀린은, 정부는 남성들의 요구만이 아닌 여성들의 요구도 들을 의무가 있다는 것을 알리는 거리 행진을 개최했다. 여성들은 잔 다르크 복장으로 무장하고는, 백마를 타고 깃발을 흔들며 거리를 누볐다. 또 하원에 결의안을 제출하려고 시도하는 와중에 서프러제트 여럿이 체포되어 한 달에서 두 달가량의 선고를 받았다.

에멀린은 애스퀴스 수상에게 만남을 요청했고, 자신은 수상을 만날 헌법적 권리가 있음을 피력했다. 하지만 수상은 여전히 만남을 거부했고, 이에 에멀린은 1909년 6

월 29일, 청원권을 요구하는 집회를 열었다. 의식이 끝나고 에멀린은 하원으로 향하며 외쳤다.

> 왕의 권한을 대표하는 애스퀴스 수상은 우리의 대표단을 받아들이고 우리의 청원을 들어라. 수상이 우리의 청원권을 거부하고 경찰을 불러 우리 여성들의 권리를 막는다면 그것은 불법이다.

행렬은 평소와 다를 바 없었다. 고적대의 연주가 울려 퍼졌고, 에멀린과 8명의 리더가 앞서서 행진했다. 하원 정문에 도착하니, 이미 경찰이 포진해 있었다. 그곳에서 실랑이 끝에 에멀린을 포함해 여성 108명과 남성 14명이 체포되었다. 경찰의 대응을 예상은 했지만, 평소보다 과한 처사였다.

그날 밤늦게 서프러제트들은 내무부와 재무부, 추밀원으로 달려가서는, 여성들의 청원권을 받아들이지 않은 것에 대한 항의로, 또 서프러제트들을 체포한 것에 대한 항의로, 창문에 돌을 던졌다. 이들은 6주에서 2개월까지의 형을 판결받았고, 그들 또한 정치범으로 대우해달라고 요구하며 단식했다. 에멀린과 107명의 여성도 재판을 받았다. 재판에서 에멀린은 변론했다.

> 법을 어긴 것은 정부인데, 우리가 법을 어겼다는 판단이 내려진다면 우리는 모두 벌금형을 거부하고 감옥행을 선택할 겁니다. 오늘 이곳에 108명의 여성이 있습니다. 거리에서 경찰에 맞서 싸우는 것이 우리의 의무라고 생각했듯이, 감옥에 가면 정치범으로서, 지금 정치범들에게 정당하다고 생각한 처우를 20세기에 맞게 끌어올리는 데 최선을 다할 것입니다.

재판은 항소까지 갔지만, 에멀린과 107명의 여성이 법을 어겼다는 판결이 내려졌고, 모두 감옥행을 택했다.

비록 큰 희생과 대가를 치르고는 있어도 여성사회정치연합의 활동은 점점 더 대중에게 알려졌고, 언론의 관심도 커졌다. 크리스타벨은 중산층과 부유층 여성의 참여를 이끌어내는 정책을 써, 회원이 늘고 있었다. 수입도 50퍼센트나 증가했다. 여기엔 실비아도 한몫했다.

실비아는 1909년 5월에 2주간 나이츠브리지에서 여성

화가들의 전시회를 기획했고, 천장 높이가 5미터가 훨씬 넘는 전시장을 후배들과 3개월에 걸쳐서 꾸몄다. 실비아는 자신의 출품작 주제를 '눈물로 씨를 뿌리는 사람들이 결국엔 웃는다'로 정하고, 존경하는 화가인 윌리엄 모리스와 월터 크레인의 스타일로 그렸다.

실비아가 정성 들여 그려놓은 캔버스 속에는 씨를 뿌리는 거대한 여성의 형상과 꽃핀 아몬드 나무 사이로 날아다니는 비둘기, 현악기를 연주하는 천사들, 희망과 자기 희생의 상징물들이 잘 조화되어 있다. 실비아는 이 작품을 자신의 최고작으로 뽑았다.

미술 전시회는 성공을 거두었고, 입장료와 작품 판매 대금은 모두 여성사회정치연합에 기부했고, 이 기부금으로 당시 부유층의 전유물인 자동차를 한 대 샀다. 이 자동차는 많은 서프러제트의 다리가 되어, 특히 에멀린의 다리가 되어 영국 전역을 누볐다.

크리스타벨은 건강에 빨간불이 켜졌다. 소화기관에 문제가 생겨 음식을 먹지 못해 비쩍 말라갔다. 일단 독일로 가서 치료를 받기로 했다. 여기에는 건강상의 문제도 있었지만, 슬럼프 때문이기도 했다. 여성참정권 법안의 문이 열릴 듯 열리지 않는 단단한 벽 앞에서 크리스타벨은 잠시 주저앉았다. 여성사회정치연합의 브레인인 크리스타벨의 공백이 생겼고, 그 자리를 실비아와 아델라는 자신들이 메우기를 바랐다.

그러나 에멀린은 크리스타벨이 돌아올 때까지 애니 케니에게 더욱 의지했고, 실비아와 아델라는 좌절했다. 크리스타벨은 생각보다는 길게 자리를 비웠지만, 에멀린 곁으로 돌아왔다.

1909년 9월 17일, 애스퀴스 수상이 버밍엄의 빙리홀에서 열리는 자유당 대규모 회합에 참여할 예정이었다. 수상이 회합 장소로 가는 길은 007 작전을 방불케 했다. 그는 황제와 같은 경호를 받으며 빙리홀에 도착했고, 서프러제트의 공격이 두려워 물대포까지 준비해놓고는 사방에 바리케이드를 설치했다.

회합 장소엔 여성의 출입이 금지되었다. 에멀린은 이번 집회를 메리 리와 샬럿 마시가 이끌도록 했다. 애스퀴스 수상은 연설에서 민중의 정치를 하겠다는 소신을 밝혔다.

"그럼 여성은 민중이 아닌가요?"

소수지만 여성참정권에 찬성하는 남성 의원이 수상에게 물었다. 그러자 수상은 적의의 눈빛을 보냈다. 질문한 의원은 움찔했다. 보복이 두려웠기 때문이다.

바깥에선 여성의 출입을 철통 봉쇄하자, 리와 마시는 옆 건물 지붕에 올라가 슬레이트 조각을 떼어 아래로 던지며 외쳤다.

"우리 여성도 회합에 참여하게 하라."

연설을 마친 수상이 차를 타고 출발하자, 지붕 위의 여성들은 그 차를 향해 슬레이트 조각을 던졌다. 결국 물대포가 쏘아졌고, 지붕 위 여성들은 끌어내려져 체포되었다. 메리 리에게는 4개월, 샬럿 마시에게는 3개월의 형을 선고했다. 두 사람 역시 정치범으로 대우해줄 것을 요구하며 단식 투쟁에 돌입했다.

정부는 투옥된 서프러제트의 단식에 골머리를 앓았다. 이들은 기꺼이 목숨을 내놓을 각오로 단식을 하고 있었다. 그렇다고 정부는 그들을 죽음으로 몰고 갈 순 없었다.

단식하다 누군가가 죽는다면 분명히 순교자 취급을 받을 것이고, 신문은 순교자 탄생 기사를 대대적으로 내보낼 것이 뻔했다. 이를 우려한 정부는 '강제 음식 주입' 이라는 잔혹한 방식을 선택했다.

메리 리가 첫 희생양이었다.

여성 간수 여럿이 그녀를 의자에 앉혀 붙잡고 머리를 뒤로 젖히고는, 담당 의사가 2미터가량의 고무 튜브를 메리 리의 콧구멍에 강제로 밀어 넣어 위장까지 넣었다. 메리 리는 공포로 사정없이 비명을 질렀고, 그녀를 붙잡고 있던 여성 간수들도 눈물로 중단하자고 사정했다. 하지만 의사는 튜브에 깔때기를 꽂고 유동식을 부어 위장까지 다다르게 했다. 메리 리는 거의 실신 상태였다. 그 장면을 목격한 여성 간수들도 고통스럽긴 마찬가지였다.

이런 행위는 메리 리를 시작으로 다른 단식 여성 수감자들에게도 적용되었고, 매일 반복되었다.

이런 야만적인 행위에 관한 이야기가 새어 나가지 않을 수 없었다. 마침내 강제 음식 주입 기사가 대대적으로 나갔고, 이 사실을 접한 대중은 충격에 휩싸였다.

에멀린도 충격으로 현기증이 일었다. 정신을 가다듬고 서둘러서 교도소와 내무부에 기사의 사실 여부를 확인해 달라고 요구했고, 변호사와 크리스타벨을 대동하고 메리 리가 갇힌 버밍엄의 윈슨 그린 교도소로 가서 면회를 신

청했다. 수감자를 만나는 합법적인 절차를 거치는 데 일 주일이나 걸렸다.

마침내 메리 리와 마주한 에멀린과 크리스타벨은 강제 음식 주입에 대한 자세한 얘기를 듣고는 경악했다.

"고막이 터져나가는 줄 알았어요. 가슴뼈 끝까지 고통스러웠죠. 튜브를 빼낼 때 콧속과 목구멍이 뜯겨나가는 것 같았어요."

에멀린은 이 문제를 공론화하며 여론의 반응을 이끌어 냈다. 키어 하디 의원도 정부에 강제 음식 주입과 관련한 답변을 요구했다.

코너에 몰린 자유당 정부는 결국 강제 음식 주입을 시인하며, 단식하는 죄수들의 목숨을 구하려는 조치였다고 변명을 늘어놓았다. 죄수들이 굶어 죽는 것을 막는 것 또한 교도소 의료진의 의무라는 것이다.

이에 신문마다 문명사회에서는 있을 수 없는 일이라고 비난했고, 최초의 신경외과 의사인 빅토 허슬리 경이 분노한 의사 116명의 서명을 받아 항의하면서 당장 야만적인 행위를 중단하라는 진정서를 수상에게 제출했다.

> 우리 평범한 영국인은 여성들이 정치적 범죄에 대한 처벌로 그러한 폭력적 모욕을 당하는 것을 절대로 용납할 수 없다. 그들은 범죄자가 아니다. 그들 중 많은 여성이 교양 있고 잘 교육받은 사람들이다.

사람들은 투옥된 여성들이 강제 음식 주입과 같은 야만적인 행위를 당하면서도 단식 투쟁을 풀지 않는 것은 여성참정권이라는 대의를 위해서 기꺼이 순교자가 되려는 것이라고 생각했다. 하지만 이는 잘못된 생각이다. 그들은 순교자가 되려고 감옥에 간 것이 아니라 정당한 시민권자가 되려고 감옥에 간 것이다.

정당한 권리를 위해서 행동한 것에, 정부는 무력으로 응했고 일반 범죄자로 취급했다. 그렇기에 여성들은 이것에 대한 항의로, 여성참정권론자들은 절대로 범죄자가 아니라는 것을 보이는 의지의 표현이었다.

에멀린의 셋째 딸인 아델라도 희생당했다. 아델라는 방학 때 스코틀랜드 보궐 선거에서 자유당 의원 낙선 운동을 주도하다가 폐렴에 걸렸다. 원래부터 몸이 약했는데 건강을 고려하지 않고 무리해서 연설 일정을 소화하는 바람에 탈이 났다. 아델라는 활동을 멈추고 집으로 가 쉬어야 했지만, 어머니의 인정을 받고 싶은 마음에 일정을 강행했고, 참담한 결과를 낳았다.

6월에 아델라와 일행 네 명은 여성참정권을 반대하는 윈스턴 처칠의 연설을 방해한 죄로 체포되어, 10일간의 형을 받았다. 당시 아델라는 숨도 못 쉴 지경으로 몸 상태가 최악이었는데도 정치범으로 대우해달라고 요구하며 단식을 시작했고, 죄수복 입기를 거부했다.

단식한 지 4일이 지나자, 교도소 측은 강제 음식 주입을 했다. 가련한 아델라는 고통조차도 호소하지 못했고, 정신이 들었다 나갔다를 반복하며 사경을 헤맸다. 석방된 뒤로는 긴 요양이 필요했다.

헨리에게는 더 큰 문제가 생겼다. 하체에 마비가 온 것이다. 그때 에멀린은 미국 강연 투어가 잡혀 있어 준비하느라 분주했는데, 이 소식을 듣고는 경악했다. 즉시 에멀린은 헨리를 의사에게 보였다.

헨리의 주치의 밀스는 구닥다리 의사였다. 실비아는 그의 구식 치료가 마음에 들지 않았다. 올바른 치료가 이루어지지 않는 것 같았다. 하지만 헨리 상태가 불안정해서 의사를 바꾸는 것은 좋은 선택이 아니었다. 게다가 밀스의 치료를 받고 증세가 좀 나아지기도 했다. 고통이 줄었고, 잠자는 것도 나아졌다. 또 발가락 정도는 움직일 수 있었고, 도구를 이용해서 침대에서 억지로 일어나기도 했다. 하지만 하체는 거의 마비 상태 그대로였다. 실제로 헨리는 척수성 소아마비였는데, 당시엔 알지 못했다.

이번 미국 강연 투어는 에멀린에겐 다시없는 기회였다. 에멀린은 이미 외국 여성참정권 운동가들과 연결되어 있었고, 영국 정부의 야만적인 강제 음식 주입은 외국까지도 소문이 나 손가락질을 받고 있었다. 이에 미국에서 에멀린을 초대해 영국의 여성참정권이 처한 현실과 에멀린의 전투적 참정권 운동 경험을 듣고자 했다.

이번 미국 순회강연은 에멀린이 세계적으로 명성을 날릴 기회일 뿐 아니라, 목돈을 벌 수 있었기 때문에 막막하던 헨리의 치료비는 물론 여성사회정치연합의 재정에도 큰 도움이 될 수 있었다.

한창 미국 강연 투어를 준비하던 중에 헨리의 병을 접한 에멀린의 마음은 혼란스럽고 복잡했다. 또다시 프랭크 때와 같은 일이 벌어질까 봐 두렵고 무서웠다. 하지만 헨리가 조금 나아지자, 내면에선 미국으로 떠나라는 목소리가 들려왔다. 현실적으로 보면 이 목소리는 냉혹했지만, 기질적으로 에멀린은 정성 어린 보살핌을 주는 어머니는 아니었다. 과감하게 미국행을 결정한 에멀린은 헨리는 당분간 실비아에게 맡기고 40일간의 여정에 돌입했다.

13
아직은 행복한 여성들을 자극하러 온 여인

1909년 10월 20일, 에멀린은 기나긴 항해 끝에 뉴욕에 다다랐다. 배에서 내린 에멀린은 곧바로 기자들이 기다리는 회견장으로 안내받았다.

"저는 폭풍의 중심에서 왔습니다. 우리가 무슨 일을 하고 있는지를 말하려고요."

에멀린은 첫 인터뷰를 시작했고, 넌지시 자신이 영국에서뿐만이 아니라 글로벌 차원에서 여성참정권 운동을 전개하고 있음을 피력했다. 이런 분위기는 순회강연 전체에 작용했다.

에멀린이 미국에서 받은 첫인상은 미국인은 영국인보

다는 정치에 무관심하다는 것이었다. 특히 여성참정권 의식은 아주 미약했다. 당시 미국은 와이오밍주와 유다준주, 콜로라도주 등이 여성참정권을 인정하고 있었지만, 이 주들의 외부에선 이 사실을 거의 알지 못했다. 영국과는 다르게 광활하게 넓은 연방 미국 정치의 특징을 잘 보여주는 것이다. 미국은 놀랍게도 사회복지가 잘되어 있었다. 이것은 미국 여성참정권 운동의 기본 밑받침이 될 중요한 자산이었다.

인터뷰 다음 날 〈뉴욕타임스〉 사설란에는 '에멀린 팽크허스트, 모든 것을 휘젓다' 라는 제목의 기사가 실렸다.

> 회색 체크무늬 숄을 걸치고 자주색 베일이 둘러싸인 회색 털모자를 쓴 미시즈 팽크허스트는 겉으로 보기엔 부드러웠고, 사진보다 훨씬 젊었다. 정치적인 지도자라기보다는 오히려 귀부인에 가까워 보였다. 저음의 목소리는 연설가 같아 보이진 않았다. 그런데 이 부인은 영국의 정책과 수상을 헐뜯는 데 해마다 2만5천 달러나 소비하고 있다. 이 부인은 아직은 이곳에서 행복하게 사는 여성들을 자극하려고 온 것이다.

툭하면 경찰과 실랑이하는 거칠고 공격적인 페미니스트를 기대했던 미국인들은 막상 에멀린의 여성스러운 모습을 보고는 완전히 매료되어 더 열렬히 환호했다. 그들은 먼 조상이 같은 영국에서 온 사회 혁명가 여성에게 묘한 매력을 느꼈다.

10월 22일, 에멀린은 보스턴의 트레몬트 사원에서 첫 강연을 했다. 2천5백 명이 넘는 여성의 눈동자가 에멀린의 입에서 어떤 이야기가 나올까를 호기심 있게 바라보았다. 첫 외국 강연이니만큼 에멀린도 긴장했다. 하지만 카리스마 넘치는 이 여인은 영국에서 진행하고 있는 전투적인 여성참정권 운동에 관해 설명하며 청중을 몰입시켰다. 미국 여성들은 창문 깨기와 단식 투쟁 등과 같은 전투적 투쟁 방식에 큰 호기심을 보였다. 첫 강연은 대대적인 성공이었다.

다음엔 에멀린의 초청을 주관한 미국 여성참정권 운동의 리더 벨몬트가 주최한 대규모 집회에 참석했다. 이곳에는 여성참정권 운동가들, 노동조합원들, 여성 노동자 등 천여 명이 참석했다. 에멀린은 여성참정권의 필요성과 전투적 여성참정권 운동의 전개 방식 등에 관해서 강연했고, 청중의 열렬한 환호를 받았다.

미국 방문의 클라이맥스는 10월 25일에 열린 카네기홀에서의 강연이었다. 3천 명이 들어가는 거대한 홀은 빈틈없이 들어찼고, 미처 입장하지 못하고 밖에서 기다리거나 집으로 돌아간 사람이 부지기수였다.

에멀린은 흥분과 긴장 속에서 강연 시간을 기다렸다. 드디어 에멀린이 일어섰다. 정적이 흘렀다. 천하의 에멀린도 이번만큼은 긴장이 되었다.

> 안녕하세요, 저는 여러분이 보통 말하는 훌리건입니다.
> 이름은 에멀린 팽크허스트입니다.

시작이 좋았다. 에멀린이 이렇게 시작하자, 여기저기서 웃음이 터져 나와 강연장 분위기가 한결 부드러워졌고 강연은 성황리에 마쳤다. 강연에 참석한 미국인들은 에멀린에게 매료되었다. 다음 날 〈뉴욕타임스〉에는 이런 기사가 실렸다.

> 뉴욕에 생경한 일이 생겼다. 카네기홀에 이렇게 많은

여성이 모인 것은 처음이다. 여성들은 가능한 한 잘 행동하려고 애썼고, 소수 참석자인 남성도 그렇게 하려고 노력했다.

성황리에 마친 카네기홀에서의 강연 덕분에 나머지 일정은 순조로웠다. 볼티모어의 존스홉킨스대학, 코네티컷의 명문 여대 브린모어대학과 로즈메리홀대학, 시카고의 유명인사 방문, 게다가 캐나다 방문까지 매끄러운 순회강연이 이어졌다.

미국의 여성참정권 운동은 영국에 비하면 한참 뒤진 상태였다. 또 미국 여성들은 에멀린이 주도하는 전투적인 투쟁과 강제 음식 주입에 생각보다 훨씬 관심과 호기심이 많았고, 에멀린의 강연은 그들의 갈증을 충족시켰고, 그들에게 커다란 자극이 되었다.

1909년 12월 8일, 에멀린은 긴 여정에서 돌아왔다. 미국 강연의 성공으로 예상보다 주머니는 더 두둑했다. 헨리의 치료비 걱정은 덜었다.

에멀린이 없는 동안 아픈 헨리를 돌본 건 실비아였다.

헨리는 여전히 하체 마비 상태였고, 상황은 더 나빠졌다. 대화하면서 실비아는 헨리가 서프러제트인 헬렌 크레그스를 사랑했다는 사실을 알아차렸다.

실비아는 헬렌에게 연락해서 헨리가 아프다는 사실을 알리고 동생을 위해서 당분간 곁에 있어달라고 부탁했다. 헬렌은 기꺼이 헨리 곁으로 달려왔다. 3주간 헬렌은 헨리를 돌보았고, 연인은 병이 나으면 베니스로 여행 가자고 약속했다.

하지만 이 약속은 지켜지지 않았다. 헨리는 1910년 1월 5일에 숨을 거두었고, 형이 있는 하이게이트 공동묘지에 묻혔다.

"내가 죽으면 내 두 아들과 함께 묻힐 테야."

에멀린은 비통함을 감출 수 없었다.

에멀린의 생애에서 이날이 가장 슬픈 날이었지만, 공교롭게도 충분히 아들을 애도하며 슬퍼할 시간이 없었다. 북부인 노팅엄과 브래드퍼드에서 강연이 예정되어 있었기 때문이다. 헨리를 묻은 그날 저녁에 기차를 타야 늦지 않고 강연 시간에 도착할 수 있었다. 하지만 가지 않는다고 해도 그곳에 모인 청중은 이해했을 것이다. 아들을 잃은 어머니의 슬픔을.

그러나 개인적인 감정을 내려놓고 에멀린은 기차역으로 향했다. 무대 위에 오른 에멀린을 본 청중은 숙연해졌고, 그녀를 바라보는 마음이 착잡했다. 잠시 숨을 고른 에멀린은 강연을 시작했다.

> 조금 전에 아들을 묻고 왔습니다. 그렇다고 우리의 운동을 멈출 수는 없습니다.

14
블랙 프라이데이

1910년 초, 에멀린 팽크허스트의 전투적인 여성참정권 운동의 영향으로, 현실 가능한 여성참정권 법안을 만들자는 조정위원회가 결성되었다. 이 위원회는 〈데일리 뉴스〉의 헨리 브레일스퍼드가 주축이 되어 결성되었는데, 자유당원, 보수당원, 아일랜드민족당원, 노동당원 등 영국의 모든 정당이 참여했다.

정당 간의 진통을 거쳐서 조정위원회는 1910년 6월에 새 여성참정권 법안을 내놓았다. 여성의 선거 자격을 집을 소유했거나 집세를 10파운드 이상 내는 여성으로 정한 것이다.

에멀린은 남녀 평등한 참정권을 추구했으나, 일단 참정권 관문을 뚫는 것이 더 중요하다는 생각에 받아들이기로 하고 잠시 전투적 투쟁을 중단한다고 공표했다.

각계각층의 인사들이 이 새 법안의 지지를 선언했다. 의사와 작가, 성직자, 교수, 기자, 사회복지가, 예술가 등이 하원에 새 여성참정권 법안을 청원하는 청원서를 제출했다.

분위기가 무르익었고, 다행히 의원들도 새 법안에 호의를 표하며 찬성표를 던지겠다는 의원이 많았다. 일단 출발은 순조로운 편이었다.

새 법안은 6월 의회에 발의되었고, 299명 찬성에 190명 반대로 첫 관문을 통과했다. 다음엔 몇 단계를 거쳐서 법률로 제정할지를 논의할 차례였다.

에멀린은 이 절호의 기회를 놓칠 수 없었다. 분위기는 여성 쪽으로 많이 기울어 있었다. 에멀린은 새 법안을 지지하는 평화적인 거리 행진을 조직했다. 어마어마한 규모의 행렬로, 국제적으로도 영국 여성들이 이번만큼은 참정권을 얻게 되리라는 희망에 많은 관심이 쏠렸다.

거리 행진은 여성참정권 운동을 하다가 투옥되었던

617명의 여성이 흰옷에 긴 은색 막대기를 들고 선두에 섰는데, 막대기 끝에는 죄수복을 상징하는 화살 문양을 달았다. 행렬이 거리를 지날 때 군중은 환호하며 성원을 보냈고, 사람들은 곧 여성참정권 시대가 열릴 것으로 기대하며 한껏 부풀어 올랐다.

여러 단체도 새 법안을 지지하며 힘을 보탰다. 여성 단체는 물론이고 여성참정권을 지지하는 남성정치연합, 남성동맹 등이 하이드파크에서 집회를 열며 여성들을 응원했다. 언론도 이번 새 법안은 현실적으로 가능하다는 기사를 연이어 내보냈다.

이런 흥분된 분위기에 애스퀴스 수상이 찬물을 확 끼얹었다. 수상은 가을 회기에는 여성참정권 새 법안을 다룰 시간적 여유가 없다고 딱 잘라 거절했다. 윈스턴 처칠 의원도 수상의 의견에 동조하며 새 법안 제정에 막강한 반대표를 던졌다. 당시 의회는 딱히 급하게 처리할 현안이 없었는데도 말이다.

에멀린은 분개했고 11월 10일, 앨버트홀에서 대규모 집회를 열어, 가을 회기에 여성참정권 새 법안을 다룰 것을 촉구했다. 수상이 이를 받아들이지 않는다면 과격한 투쟁을 불사하겠다고 경고했다.

> 우리 여성사회정치연합은 새 여성참정권 법안을 법률로 제정하기 위해서 합법적인 범위 안에서 무던히도 애썼습니다. 그런데도 이 법안이 말소된다면, 혹은 우리의 법안을 논의할 시간이 없다는 말을 듣게 된다면, 이제 우리는 투쟁 방향을 완전히 틀어야 할 것입니다. 나는 수상에게 강력하게 청원하러 갈 것입니다. 내가 대표단을 이끌 것이고, 아무도 나를 따르지 않는다 해도 혼자라도 기꺼이 갈 것입니다. 나는 노예로 사느니 차라리 반역자가 될 것입니다!

에멀린이 무대 위에서 힘차게 외쳤다. 그러자 여기저기서 끝없는 외침이 들려왔다.

"저도 함께 가겠습니다."

"저도요."

"저도 가겠습니다."

1910년 11월 18일 금요일, 역사적인 암흑의 날이 밝았다. 이날 가을 회기가 열렸고, 새 법안은 예상대로 거론되지 않았다. 에멀린은 즉시 12명의 대표단을 조직해서 의회로 향했고, 그 뒤를 수많은 여성이 따랐다.

12명의 대표단은 주변에 모인 일반 시민들의 도움으로 경찰의 저지선을 뚫고 하원 입구까지 오는 데 성공했다. 대표단 주변으로 수많은 여성이 몰려와, 대표단을 에워싸며 그들이 하원으로 들어갈 통로를 트려 했다. 그러자 경찰은 폭도로 변하여 여성들이 든 깃발을 빼앗아 찢었고, 주먹과 몽둥이로 여성들의 얼굴과 가슴, 어깨를 내리쳤다. 여성들은 허공에서 맨땅으로 내동댕이쳐졌다. 그들은 경찰의 말발굽에 밟혀 생사를 오갔다. 무장하지 않은 여성들의 피가 하원 주변을 시뻘겋게 물들였다.

경찰의 폭행 수위는 이전과는 달랐다. 그들에게 가혹한 명령이 떨어진 것이 분명했다.

거의 다섯 시간에 걸쳐서 여성들은 경찰의 폭행을 당했고, 일반 시민들은 남녀 구분할 것 없이 경찰들로부터 여성들을 보호하느라고 몸을 아끼지 않았다.

이날 시위에 참석한 여성들은 극악무도한 범죄자 취급을 받았다. 단지 새 여성참정권 법안 논의를 청원하러 왔다는 이유만으로.

하원 밖에서 여성들이 폭행을 당하는 동안 안에서는 애스퀴스 수상의 독재가 진행되었다. 바깥 상황이 심상치 않음을 직감한 키어 하디 의원이 여성참정권 새 법안에 관해 논의하자고 강력히 요청했지만, 서슬 퍼런 애스퀴스 수상의 면전에서 키어 하디를 돕는 의원은 극소수였고, 그들은 힘이 없었다. 다른 의원들은 그저 침묵했다.

그날 밤과 그다음 날 낮에 애스퀴스 수상과 윈스턴 처칠 의원을 비롯한 새 법안에 반대한 여러 의원 집의 유리창이 산산이 깨져나갔고, 수많은 여성이 또 체포되었다. 그 가운데는 에멀린의 여동생 메리도 있었다.

15
여성은 국민이기를 거부한다

블랙 프라이데이 폭행은 여성들에게 많은 상처와 희생을 남겼다. 그날 이후 많은 여성의 죽음이 줄을 이었다. 심한 폭행을 당해 시름시름 앓다가 죽은 이들, 장애인이 되어 평생을 희망 없이 사는 이들.

메리는 크리스마스에 죽었다.

메리는 수감 내내 경찰에 폭행을 당했고, 강제 음식 주입 탓에 병을 얻었다.

에멀린은 동생인 허버트의 집에서 가족들과 크리스마스를 보냈다. 쇠약해진 메리는 거의 먹지 못했고, 조용히 자리를 떠 방에 가서 누웠다. 잠시 뒤 동생이 걱정된 에멀린이 상태를 확인하러 갔을 때 메리는 이미 죽어 있었다. 뇌출혈이었다.

에멀린은 물론 팽크허스트 가족 모두 한동안 메리의 죽음에서 빠져나오지 못했다. 에멀린의 또 다른 딸 애니 케니도 오랜 애도 기간이 필요했다.

팽크허스트 가족의 연결 고리 역할을 했던 메리의 죽음을 계기로 스물아홉 살의 실비아는 가족과도, 여성사회정치연합과도 점점 멀어져갔다.

실비아는 삶을 재편 중이었다. 가족 중에서 가장 예술적 감각이 뛰어난 실비아는 1911년, 여성사회정치연합의 전투적인 여성참정권 운동을 쓴 『서프러제트The Suffragette』를 출간했고, 영국뿐 아니라 유럽과 미국에서도 주목을 받았다. 글쓰기에 전혀 흥미를 보이지 않던 에멀린이었지만, 딸을 후원하는 마음으로 에멀린은 기꺼이 이 책의 서문을 썼다.

미국에선 에멀린의 딸인 실비아의 책에 관심을 보이며 실비아를 초대했다. 실비아는 용기를 내어 미국 강연 투어를 결심했다. 에멀린이 항구까지 배웅했다.

여객선을 타고 뉴욕으로 향하는 여정에 여객선의 주치의가 실비아에게 호감을 표시했고, 자신의 선실로 초대했다. 어느 정도 분위기가 무르익었을 때 그가 실비아에게 스킨십을 하려고 하자, 실비아는 화들짝 놀라서 선실을 뛰쳐나왔다. 안타깝게도 실비아는 스물아홉이 될 때까지 이성과 스킨십 경험이 없었다.

"그때 일이 그렇게 불쾌하진 않았어요."

훗날 실비아가 털어놓았다.

뉴욕에 도착한 실비아는 석 달에 걸친 미국 여정을 시작했다. 에멀린과 의논한 대로, 우선 여성참정권의 필요성을 널리 알리는 강연에 힘썼다. 하지만 어머니와는 다르게 광범위하게 활동 무대를 넓혔다. 영국과는 다른 광활한 미국 사회의 다양한 면을 접하고 싶었기 때문이다.

실비아는 당시 사회주의가 팽배한 밀워키를 찾았다.

"나는 사회주의 도시와 그곳에서 일어나는 모든 현상을 보고 싶었어요."

또 아메리칸 드림을 안고 타국에서 온 이민자들의 끔찍한 가난과 고통을 보고는 가슴 깊이 절망했다. 영국 하층민의 가난과는 또 다른 것으로, 그들의 삶은 몹시 비루해

보였다. 영국인에게 아메리칸 드림이란 단어는 참으로 낯선 것이었다.

더 낯선 경험은 흑인 문제였다. 남녀 차별에 초점이 맞춰진 여성참정권 운동과는 다르게, 흑인은 인종 자체가 모멸과 멸시를 받았다. 공장 작업장엔 백인은 없었다. 미국의 인종 차별 역시 여성참정권 문제만큼 답답한 상황이었다.

미국에 있는 3개월간 실비아는 대체로 외로웠다. 그 외로움을 달래고자 자주 키어 하디에게 신세계에서 자신이 보고 듣고 느낀 바를 편지로 썼다. 그러면 키어 하디는 자상하게 답장을 보내 실비아의 외로움을 달래었다.

1911년 첫 의회에서도 새 여성참정권 법안은 논의되지 않았다. 할 수 없이 이번 법안도 다시 수정하기로 했다. 하지만 애스퀴스 수상은 여전히 수정 법안도 반대하고 나섰다. 무조건적인 수상의 반대는 완강했다.

애스퀴스 수상을 향한 여성들의 분노는 극에 달했다. 신변에 위협을 느낀 수상의 경호는 겹겹이 삼엄해졌다.

에멀린은 한 가지 묘안을 생각해냈다. 어쩌면 이것이

수상에게 타격을 줄 수도 있을 것 같았다. 마침 1911년 4월에 10년마다 하는 인구조사가 있을 예정이다. 에멀린은 이 인구조사를 망쳐, 수상을 골탕 먹일 계획이었다.

여성들은 인구조사 서류 작성을 거부하거나 인구조사를 하는 날 집을 비웠다. 또 일부러 주소나 인구수를 잘못 적었다. 그러자 〈타임지〉를 비롯한 주요 언론에서 여성들의 행위를 비난하고 나섰다. 이에 에멀린은 성명을 발표했다.

우리 여성을 국민으로 대우하지 않는다면
우리는 인구조사에 국민으로 표기되는 것을 거부한다.

애스퀴스 수상의 고민도 깊어졌다. 여성에게 참정권을 주라는 압력은 사그라들 줄 몰랐고, 인구의 절반이 넘는 여성들이 정치에 전혀 협조하지 않으니, 국정 운영이 녹록지 않았다. 이번 인구조사는 조세 제도를 바꿔야 하기에 아주 중요했고, 인구조사엔 여성의 협조가 제일 중요하다. 그들의 도움 없이는 제대로 된 인구조사가 이루어지는 건 사실상 불가능했다. 수상은 일단 한발 뒤로 물러나기로 했다.

애스퀴스 수상은 5월 5일 의회에서 여성참정권 조정 법안을 심의에 붙였고, 이 법안은 가볍게 심의를 통과했다. 이제 법률로 제정할지 말지를 논의할 절차가 남았다.

애스퀴스 수상은 이전과는 사뭇 달라졌다. 로이드 조지 내무장관이 강력하게 반대하고 있었는데도, 그는 다음 회기에 이 법안에 우선 심의권을 주겠다고 약속했다.

> 여성참정권 수정 법안에 우선권을 주는 공약은 정부를 대신해서 한 공약이므로 내용상으로나 표면상으로나 반드시 지킬 것을 약속합니다.

믿기지 않는 발표였다. 귀를 의심할 정도로. 하지만 수상은 이렇게 발표했고, 약속을 꼭 지키겠노라고 에멀린에게 전달했다. 에멀린도 처음엔 수상의 약속을 믿어야 할지 말아야 할지 고민이었다. 일단 그의 말을 믿기로 하고, 퀸즈홀에서 집회를 열었다.

> 애스퀴스 수상이 공약을 지킨다면

우리 여성들은 정부와의 전쟁을 끝내겠다.

그날 이후로 관료들의 유리창은 더 이상 깨지지 않았고, 공공 재산을 위협하는 행위도 더는 일어나지 않았다. 언론들도 앞다투어 이 사실을 보도했다. 〈네이션〉에는 이런 기사가 실렸다.

이미 여성들은 투표권을 가진 시민으로 등극했다. 그저 법적 절차만 남았을 뿐이다. 지난 2년간 의회에서 여성 참정권 법안에 공정한 기회만 부여했어도 이미 이 법안은 성문화되었을 것이다. 애스퀴스 수상은 다음 회기에 그 기회를 주기로 약속했고, 그가 한 약속을 들여다보면 이 법안의 성공은 명확하다.

여성들은 흥분했다. 그토록 염원하던 참정권을 얻을 거라는 기대에 사뭇 설레었다. 불행히도 당시 에멀린은 미국 강연 투어가 잡혀 있었다. 미국인들은 카리스마 넘치는 열렬한 여성참정권 운동가 에멀린에게 완전히 매료되어 있었다. 벌써 두 번이나 강연 투어를 다녀왔고, 모두 성공했다. 그렇기에 이번 방문도 학수고대하고 있었다.

에멀린은 잠시 망설이긴 했지만, 영국의 일은 페식 로런스와 크리스타벨에게 맡기고, 미국 강연 투어 길에 올랐다. 미국에서도 곧 영국 여성들이 투표권을 얻게 될 것이라는 소식에 잔뜩 들떠 있었고, 하루빨리 에멀린으로부터 그 이야기를 전해 듣길 원했다.

에멀린이 미국 강연 투어를 하는 동안 영국에서는 애스퀴스 수상의 기만행위가 일어났다.

수상은 약속을 지키지 않았다.

가을 회기에 여성참정권 조정 법안을 먼저 논의한다는 약속을 어기고는, 포괄적 선거권 법안을 들고 왔다. 당시 영국 남성은 도시와 농촌의 성인 노동자에게 선거권을 부여하고 있었다. 애스퀴스 수상은 이번에 성인 남성 모두에게 선거권을 주고, 여기에 일부 여성들에게도 선거권을 주는 포괄적 선거권 법안을 논의하자고 했다.

여성참정권 법안 제정을 목전에 둔 마당에 새 선거법 조정 법안이 나왔고, 이 법안을 논의하는 데 몇 년이 걸릴지 모를 일이었다. 이것은 당장 여성에게 선거권을 줄 수 없다는 자유당 정부의 강력한 의지이자 얄팍한 속임수였다. 당시엔 더 많은 남성에게 투표권을 주어야 한다는 요구가 거의 없었고, 여성에게 투표권을 주어야 한다는 요구는 강력했음에도, 수상은 이런 만행을 저질렀다.

이제껏 영국 역사상 이렇게까지 여성을 탄압한 정부는 없었다. 〈데일리 메일〉과 〈이브닝 스탠더드〉를 비롯한 여러 언론에서도 정부의 이런 행위를 일제히 비난하고 나섰다.

여성사회정치연합은 크리스타벨과 페식 로런스, 플로라 드러먼드가 급히 대표단을 꾸려 항의하고 대규모 집회를 열었다. 내무부와 우체국을 위시한 각종 공공기관의 유리창이 수없이 깨져나갔고, 220명에 이르는 여성이 체포되었다.

1912년 1월 11일, 부랴부랴 미국 일정을 마친 에멀린이 귀국했다. 즉각 에멀린은 전투 양식을 바꾸었다. 더욱 전투적이고 더욱 폭력적으로.

16
어느 서프러제트의 죽음

각자 방식대로 전투하세요. 창문을 깰 수 있으면 그렇게 하세요. 재산을 사람보다 더 중요시하는 정부에 타격을 주고자, 재산이라는 우상을 공격하려면 그렇게 하세요. 우리는 이 세상에 태어난 모든 여자아이가 남자 형제들과 똑같은 기회를 얻게 될 날을 위해 싸우고 있습니다.

에멀린의 연설은 메아리처럼 퍼져나갔고, 시위가 일어나는 곳이면 어느 곳이든지 불이 나고 유리창이 부서졌다. 실제로 영국 정부가 유일하게 걱정하고 반응하는 것이 재산의 손실이었다. 그렇기에 서프러제트는 접근하기 쉬운 우체통에 불을 지르거나 창문에 돌을 던져 정부 재산에 손해를 입혔다.

영국에선 매일매일 악몽 같은 일이 반복되었고, 정부와 경찰은 예민할 대로 예민해졌다. 그러던 와중에 로이드 조지 장관 저택에 불이 났고, 곧이어 폭발이 있었다. 서프러제트의 범행이라는 명확한 증거가 없었는데도 젊은 여성들이 체포되었고, 에멀린이 배후로 지목되어 체포되었다. 페식 로런스 부부도 같은 혐의로 체포되었고, 크리스타벨은 쫓기었다. 다행히 크리스타벨은 애니의 도움으로 런던을 무사히 빠져나가 파리로 갔다.

1913년 4월, 지금까지 유명하게 전해지는 에멀린의 재판이 열렸다. 에멀린은 마지막으로 변론했다.

나는 작은 유리창을 깼다는 이유로 두 달간 복역하고는. 침대에서 일어나지도 못하는 내 딸의 곁을 지키지 못하고 이곳에 나왔습니다. 지금 내가 신사분들에게 말하고 싶은 건, 당신들이 나나 당신들 앞에 끌려오게 될 다른 여성들에게 가할 수 있는 처벌은 그 정도라는 겁니다. 당신들에게 묻습니다. 앞으로도 셀 수 없을 수많은 여성을 감옥에 보낼 준비가 되어 있는지요? 나는 이 법정을 떠나는 순간부터 음식을 거부할 겁니다. 그리고 최대한 빠른 시간 안에 감옥을 나올 겁니다. 죽어서든 혹은 살아서든. 살아 나온다면 몸을 회복하자마자 다시 싸움을 계속할 겁니다. 생명은 우리 모두에게 소중합니다. 그러니 스스로 목숨을 끊을 생각은 추호도 없습니다. 나는 투표하는 여성들을 보고 싶고, 그 날을 위해서 살기를 원합니다.

러시 담당 판사는 배심원들에게 이번 범죄가 여성에게 투표권이 없어서, 또는 여성이 처한 비참한 현실과 불공정한 법률 때문에 일어났다는 전제는 빼고 판결을 내릴 것을 주문했다. 그 결과 에멀린은 징역 3년을 선고받았다.

"이건 수치다!"

선고가 내려지자마자 방청석에선 소동이 일어났고, 서둘러 간수들은 에멀린을 데리고 퇴장했다. 그러자 여성들의 노랫소리가 들려왔다.

걸어라, 계속 걸어라

새벽을 향하여

자유의 새벽을 향하여

에멀린은 갇혔고, 예정대로 단식에 들어갔다. 감옥 앞에서는 수많은 여성이 번갈아 가며 24시간 시위하며 에멀린의 석방을 요구했다. 에멀린도 예외 없이 강제 음식 주입을 당했고, 몸 상태가 급속도로 안 좋아졌다.

몸무게가 며칠 사이에 14킬로그램이나 빠졌다. 순교를 두려워한 경찰은 에멀린을 석방하기로 했다. 하지만 몇 달 전에 통과된 법 때문에 돌아와 남은 형을 마쳐야 했다.

일명 '고양이와 쥐 법'은 참정권 죄수에게만 적용되는 법으로, 단식하던 죄수가 위험하다고 판단하면 일단 석방해 쉬게 했다가 다시 가둬서 형을 마치게 하는 법이다. 석방한 기간에도 죄수들은 경찰의 감시를 받아야 한다. 여성참정권 죄수들을 노린 간악한 법이었다.

교도소장은 에멀린에게 15일 내로 돌아와야 한다고 경고하며 석방허가증을 내밀었다.

에멀린은 허가증을 받아 찢어서 허공에 뿌렸다.

"난 이런 말도 안 되는 법을 지킬 생각이 추호도 없습니다. 소장, 당신도 내가 돌아오지 않을 거라는 걸 알지요?"

에멀린은 교도소를 걸어 나와 감옥 앞에서 시위하는 여성들의 환호를 받으며 택시에 올라탔다.

에멀린의 전투파 운동은 점점 더 과격해졌고, 급기야 개인 재산에 손해를 입히는 방식으로까지 번져나갔다. 전투파 여성들은 국민이 정부에 여성에게 참정권을 주는 것으로 이 싸움을 끝낼 수 있다면, 그렇게 해서라도 이 싸움을 끝내달라고 청원할 때까지 횃불을 내려놓지 않았다. 그러다 급기야 목숨까지 내놓는 비극이 생겼다.

에밀리 와일딩 데이비슨은 그 누구보다도 여성참정권 운동 선봉에 선 서프러제트였다. 데이비슨은 에멀린의 전투파 운동을 그 누구보다도 잘 이해하고 잘 따라 한 여성이었다. 에멀린은 크리스타벨과 닮은 데이비슨을 아끼고 성장시켰다.

데이비슨은 옥스퍼드 영문학과를 우등생으로 졸업한 수재로, 감옥을 여러 번 들락날락했으며 강제 음식 주입도 당했다. 그러던 어느 날 데이비슨은 여성들의 목소리에 꿈쩍도 하지 않는 정부를 향해 큰 결심을 했다. 바로 목숨을 내놓는 것이다.

1913년 6월 4일, 런던의 엡섬에서 경마 대회가 열렸다. 전통에 따라 국왕의 말도 참가했다. 경마는 영국인이 재산 다음으로 소중히 여기는 경기였다. 당연히 수많은 관중이 모여들었다.

데이비슨은 국민들 앞에서, 국왕과 왕비가 지켜보는 가운데 죽기로 마음먹었다.

말 열다섯 마리가 출발해 결승선을 향해 힘껏 달리는데, 데이비슨은 관중석 분리대를 훌쩍 넘어 경주로로 뛰어들었다. 그리고 순식간에 왕의 말 앞으로 몸을 던졌다. '여성에게 투표권을Votes for Women' 이라고 외치면서.

왕의 말은 기겁하며 넘어졌고 기수가 떨어지면서 데이비슨과 부딪혔다. 관중은 소름 끼치는 장면을 목격했다.

데이비슨은 죽었다.

장례식에는 그녀를 추모하는 수많은 발길이 줄을 이었고, 각종 언론에서는 이 사건을 앞다투어 다뤘다. 며칠 동안 영국 전역이 데이비슨 이야기로, 여성참정권 문제로 들끓었다.

데이비슨은 죽음으로 여성참정권의 절실함을 보이려고 했고, 영국은 물론 전 세계가 이 사건에 주목하며 데이비슨의 결단에 긍정적 혹은 부정적 의견을 내놓았다. 여성의 목소리에 끄떡도 않던 영국 정부도 전 세계가 주목하자 고민에 빠졌다.

자유당 정부가 데이비슨의 죽음을 두고 고민에 빠진 것은 여성참정권을 주느냐 마느냐의 문제가 아니라, 시끄러운 여론을 어떻게 잠재우느냐의 문제였다. 애스퀴스 수상은 여성참정권을 허용할 의사가 전혀 없어 보였다.

당시 에멀린은 수감의 후유증으로 병상에 있었고, 경찰은 감옥으로 돌아오지 않는 에멀린을 쫓는 중이었다. 데이비슨의 죽음을 전해 들은 에멀린은 큰 슬픔과 상실에 빠졌다.

작별 인사도 없이 데이비슨을 보낼 수 없었던 에멀린은 위험을 감수하고라도 장례식장에 참석하기로 했다. 하지만 장례식장에 도착하기도 전에 경찰에 잡혔고, 이번에도 한 달여 만에 석방되었다. 당연히 보름 안에 돌아오라는 조건이 붙었다.

에멀린은 크리스타벨이 있는 파리로 갔다. 잠시 휴식이

필요했고, 데이비슨을 그렇게 보내고 나니 크리스타벨이 그리웠다. 잠시 크리스타벨과 함께 보내며 에멀린은 자서전 『My Own Story』를 썼다.

이제 노년을 바라보는 에멀린은 본능적으로 여성참정권 획득이 다가오고 있음을 직감했다. 그렇기에 후배들에게 영국의 여성참정권 운동이 어떻게 전개되었는지 상세히 전하고 싶었다. 그리고 선배들의 용기와 투쟁에 대해서도, 데이비슨과 같은 희생에 대해서도 알리고 싶었다. 모든 것이 동등한 조건에서 사는 미래의 후배들에게 당시 선배는 이렇게 살았노라고.

취지가 이렇다 보니, 에멀린이 저술한 자서전은 영국 여성참정권 운동의 역사서라고 해도 과언이 아니다. 1914년까지 여성참정권 운동 과정이 아주 세심하게 기술되어 있다. 아쉬움은 에멀린 개인의 감정이나 사생활을 엿볼 수 없다는 것이다. 자서전은 1914년 여름에 출간되었고, 큰 호응을 받았다.

에멀린은 자서전과 실비아가 쓴 『서프러제트』의 서문 외에는 어떠한 글도 쓴 적이 없다.

"나는 글을 쓸 때면 마치 치과 의자에 앉아 있는 느낌이었다."

에멀린이 고백했다.

당시는 지식을 접할 매체가 별로 없던 시절이어서, 지식인들은 글과 강연을 생계유지 수단으로 삼기도 했다. 하지만 에멀린은 글을 쓰는 것을 무척 싫어했다. 그래서 신문에 실을 글 하나 써달라는 요청에도 전혀 응하지 않았다. 생활이 무척 궁핍해서 돈이 꼭 필요했을 때조차도 글은 쓰지 않았다.

휴식을 마친 에멀린은 10월에 다시 미국을 방문했다. 이번 미국행은 시작부터 난관에 봉착했다. 뉴욕 항구에 도착하자마자, 영국 정부의 요청에 따라 에멀린을 억류한 것이다.

다행히 이틀 반 만에 풀려났고, 이 억류 사건 덕분에 에멀린의 강연 투어는 홍보 효과를 톡톡히 보아 그 어느 때보다도 성공적이었고, 막대한 기금을 들고 귀국했다. 하지만 영국으로 돌아온 에멀린은 또다시 체포되었다.

에멀린이 돌아오자마자 체포되었다는 소식이 전해졌고, 전투파 여성들은 항의의 표시로 나라 곳곳에 불을 놓았다. 목재 야적장, 대저택, 교회, 우체통 등이 그 불 속으로 사라졌다.

정부나 개인이나 재산의 손실에 가장 민감하게 반응했고, 전국에서 피해를 본 사람들의 불만이 여성들을 향하고 있었다. 하지만 아이러니하게도 영국 전역으로 여성들의 전투파 투쟁이 확산해나가면 나갈수록 여성사회정치연합의 기부금은 늘어만 갔다. 이 기부금은 불씨가 되어 정부의 재산을 태워 없앴다. 재산에 생채기가 나는 것에 분노한 정부는 여성사회정치연합에 기부하는 행위가 드러나면 엄벌에 처하겠다고 으름장을 놓았다. 하지만 소용없는 일이었다. 정부의 눈을 피한 무명의 기부금은 점점 더 늘어났다.

17 슬픈 기회

1914년 7월 28일, 전 세계가 전쟁의 소용돌이 속으로 빨려들었다. 제1차 세계대전이 일어난 것이다.

에멀린은 이번 전쟁이 심상치 않음을 직감했고, 전시이니만큼 여성사회정치연합의 활동을 잠시 중단한다고 공표했다. 정부와의 휴전을 선포한 것이다. 그러자 자유당 정부는 투옥한 여성들을 모두 석방하며 에멀린의 호의에 화답했다.

에멀린은 엄청난 생명을 앗아갈 것이 뻔한 이 거대한 전쟁이 끝나면 분명히 지금의 집권당인 자유당은 몰락할 것이고, 어느 정부가 들어서더라도 지금의 애스퀴스 내각의 야만적 행위를 이어나가지 않을 것이라고 확신했다. 그것은 여성들이 지금의 위급한 전시 상황에서 큰 몫을 해낼 것이기 때문이다.

에멀린에게는 한 가지 계획이 있었다. 어쩌면 이번 전쟁이 여성들에게는 절호의 기회일 수 있었다. 젊은 남자들은 전쟁터로 떠났다. 당연히 그들의 빈자리가 생겼다. 공장이든, 병원이든, 상점이든, 공공기관이든.

에멀린은 그 남성들의 자리를 여자들이 대신하자는 캠페인을 전개했다. 영국의 식민지 쟁탈 시절에도 여성들은 남성들을 대신해서 제 역할을 다했지만, 그땐 어떤 보상도 받지 못했었다. 하지만 지금은 상황이 다르다. 여성들은 강해졌고, 이제 자신을 위해서, 다음 세대 후배들을 위해서 싸울 준비가 되어 있다. 기꺼이 목숨까지 내놓으면서도.

에멀린은 조직적이고 체계적으로 남성의 일을 넘겨받는 캠페인을 주도했다. 파리에 있던 크리스타벨도 돌아왔다. 크리스타벨도 어머니의 계획에 전적으로 찬성하며 타고난 전략가의 능력을 발휘했다.

언제나 그랬듯이 크리스타벨은 에멀린이 전략을 내놓

으면 항상 그것을 고도화했다. 이런 그녀 덕분에 여성사회정치연합은 꾸준히 성장할 수 있었다. 이번에 크리스타벨이 내놓은 전략은 '하얀 깃털' 운동으로, 영국 전역을 돌면서 남성 청년을 만나면 하얀 깃털을 건네며 전쟁에 나가라고 독려하는 것이다. 하얀 깃털을 받고도 전쟁에 나가지 않은 남성은 겁쟁이라는 오명을 뒤집어썼고, 남자답지 못하다는 것을 스스로 인정하는 셈이었다.

크리스타벨의 '하얀 깃털' 운동은 남성들이 전쟁터에 나가야 한다고 압박했고, 실제로 참전한 경우도 많았다. 몰염치한 애스퀴스 수상은 크리스타벨의 '하얀 깃털' 운동을 지원하며, 마치 처음부터 여성들이 동지였다는 듯이 뻔뻔하게 그들의 도움을 받았다.

군수물자가 턱없이 부족했다. 무기를 만드는 공장에서는 노동자가 부족해서 물품을 제대로 공급하지 못했다. 에멀린은 왕과 국방부 장관에게 여성을 노동자로 쓸 것을 제안했다.

그들은 처음엔 고개를 갸웃거렸다. 기계를 다루는 데 서툰 여자들이 폭발물과 탄약을 제대로 처리하지 못하리라 판단해서였다. 실제로 폭발 위험성이 있는 무기를 다루는 일은 경험이 부족한 여성에게는 위험천만한 일이었다.

그러나 여성 외에는 대안이 없자, 일단 남성 임금의 절반 가격으로 여성들은 무기 공장에서 일하기 시작했다. 군수물자를 만드는 여성들은 공무비밀엄수법Offical Secrets Act에 서명했는데, 이것은 여성들이 밖에 나가서 공장에서 하는 일을 발설하지 않겠다는 서약으로, 어기면 감옥행이었다.

당시 폭약을 만드는 여성 노동자들을 영국에서는 '카나리아 걸'이라고 불렀다. 폭약을 만드는 여성들의 작업복에 노란색 독성 물질인 트라이나이트로톨루엔이 튀어 노란색 얼룩이 생겼고, 이 모습이 노란 새 카나리아를 닮았다고 해서 그리 부르기 시작했다. 독극물과 아름다운 노란 새는 전혀 어울리지 않지만 말이다.

여성 노동자들은 전쟁 기간에 무기의 80퍼센트를 생산했고, 트럭이나 크레인 운전을 서슴지 않았으며, 경찰로, 집배원으로, 전쟁 리포터로 활약하며 사회의 주류로 급부상했다.

여성들의 노동력이 중요해지자, 공장에서는 여성 노동

자들에게 점심을 제공하고 보육원을 만들어, 여성들의 집안일에 협력했다. 이전에는 상상도 못 할 일이었다. 이렇게 영국의 여성들은 목숨을 담보로 사회적 위치를 찾아갔다.

사회적으로 여성의 역할이 막강해졌고, 버스 기사와 전차 기사를 중심으로 남성들과 똑같은 임금을 주장하는 파업이 전개되었다. 그 중심에는 에멀린 팽크허스트가 있었다. 이제 여성들은 논쟁에서 승리하는 법을 알고 있었기에, 그들의 시위에는 힘이 실려 있었다. 그동안의 여성참정권 집회 경험으로 조직적이고 체계적인 시위엔 도가 텄기 때문이다.

선택의 여지가 없는 정부로서는 여러 분야에서 남성과 거의 같은 수준으로 임금을 올렸다. 이것은 여성들이 참정권이라는 문 앞에 한발 더 다가섰다는 것을 의미했다.

한편 실비아는 전쟁에 반대했다. 특히 마구잡이로 뻗어나가는 제국주의에 크게 저항했다. 실비아는 서프러제트였지만 명확한 사회주의자로, 전쟁 반대론자였다. 그렇기에 에멀린과 크리스타벨이 진행하는 '하얀 깃털' 프로젝

트에 분노하며 그들을 신랄하게 비판했다.

실비아는 여성사회정치연합을 탈퇴해 여성서프러제트 연합을 만들었고, 탐욕스러운 제국주의 전쟁을 비난하고 전쟁 반대 캠페인을 벌이며 볼셰비키 혁명에 동조했다.

당연히 전쟁을 독려하던 에멀린과 크리스타벨과는 치유할 수 없는 균열이 생겼고, 그 균열은 영원히 메워지지 않았다. 실비아의 이런 행보는 에멀린에겐 물론이고 영국 정부에도 골칫거리였다.

아델라도 전쟁에 반대하긴 마찬가지였다. 집에서도 여성사회정치연합에서도 자신의 존재감이 미약하다고 생각한 아델라는 호주로 갔다. 그곳에서 아델라는 전쟁에 반대하는 강연을 하고, '여성평화연맹'을 결성해서 전쟁의 폐해를 알리는 데 주력했다.

이를 계기로 팽크허스트의 딸들은 뿔뿔이 흩어져 사는 운명을 맞이한다.

18
절반의 승리

1916년 여성참정권 운동의 최대 적이던 애스퀴스 수상이 전쟁 지도자로서의 무능함을 비판받아 물러나고, 국방부 장관인 로이드 조지가 수상에 올랐다. 그 역시도 여성들의 벽이었지만 애스퀴스에 비할 수는 없었다.

새 수상은 전쟁 기간에 보여준 여성 노동자들의 노고와 애국심에 찬사를 보냈고, 여성들의 참정권 요구를 거부하기 어려운 처지였다. 물러난 애스퀴스조차도 결국엔 여성들의 노력을 인정했고, 여성들이 보여준 의지에 자신도 결국은 마음이 바뀌었다고 고백했다.

전쟁이 막바지에 이른 1917년 후반, 에멀린은 다시 여성참정권 문제로 복귀했다. 전쟁이 끝나기 전에 여성참정권을 얻어내야 했다. 영국 정부는 4차 선거법 개정 작업에 돌입했고, 이번만큼은 여성들도 투표권을 얻으리라는 희망에 부풀었다.

> 우리 여성참정권 운동가들에겐 가장 중대한 임무가 있습니다. 그것은 바로 인류의 절반을 해방시키는 것입니다. 그리고 그 해방을 통해서 인류의 나머지 절반도 구하는 겁니다.

에멀린은 여성참정권 대의를 외치며 여성참정권 법안을 상정하라고 의회를 압박했다.

더는 여성의 공로를 무시할 수 없었던 의회는 결국 여성참정권 법안을 상정했다. 하지만 에멀린이 원하는 남녀 평등한 참정권 개혁은 이루어지지 않았다. 이번 개정 법안은 남자는 21세 이상, 여자는 일정 자격을 갖춘 30세 이상이었고, 그나마 독신 여성이 포함되었다.

1917년 12월, 영국 하원에선 참정권 법안이 364 대 23으로 통과했고, 1918년 2월, 법률로 제정되었다.

마침내 여성참정권 시대가 열렸다. 마치 꿈속의 일만 같았다. 에멀린은 지난날의 억압이 주마등처럼 스쳐 지나며 잠시 회한에 잠겼다. 참으로 먼 길을 돌아왔다. 그리고 이제 진짜로 첫발을 내딛는 여성들의 정치 발걸음이 순탄하기만을 기도했다.

그러나 이번에 여성들이 일궈낸 성공은 절반의 성공이었다. 여성들은 사회의 모든 분야에서 두각을 나타내며 존재감을 과시했고, 어느 면에서는 남성들보다 훨씬 더 우수한 면을 보였다. 남성들과 차별을 받을 이유가 전혀 없었지만, 부동산을 소유한 30세 이상의 여성들에게만 선거권이 허용되었다.

에멀린은 어떻게 해서든 남녀가 평등한 참정권을 얻어내고 싶었지만, 현실적으로 실현 불가능한 일이었다. 한 발 물러서서 우선 여성참정권의 관문부터 열고, 후일을 도모해야 했다.

전쟁을 도우며 국민적 영웅으로 떠오른 에멀린은 1917년 6월에 영국 정부의 초대로 민간 외교 사절단 자격으로 러시아를 방문했다. 목적은 레닌의 볼셰비키에 반대하는 온건파를 지지하는 것이었다. 러시아 사람들의 가난하고 불안정한 삶을 목격한 에멀린은 공산주의에 회의를 품고서 돌아왔다.

러시아에서 돌아온 에멀린은 여성참정권 시대에 대비해서 여성당을 창당했다. 여성당은 여성사회정치연합을 개편한 것으로, 남녀 차별 없는 임금 지급과 평등에 기초한 결혼법과 이혼법, 자식에 대한 부모의 동등한 권리, 여성 정치가 등용 등을 위해서 활동했다. 에멀린의 여성당은 계급이 없는 평등한 사회를 실현하고 싶었다. 이것은 고인이 된 리처드 팽크허스트가 꿈꾼 세상이기도 했다.

1918년 11월 11일, 독일의 항복으로 약 4년에 걸친 전쟁이 막을 내렸다. 그리고 남성들이 돌아왔다. 이들은 다시 제 일자리로 찾아 들어갔고, 많은 여성이 남성들에게 자리를 내주었다. 하지만 참정권을 획득한 여성들의 사회적 위치는 이전과는 달랐다.

1918년 11월에는 여성이 의원에 입후보할 수 있다는 법안이 통과되었다. 당연히 에멀린은 여성당을 대표해서 의원으로 나갈 것을 추대받았다. 그런데 에멀린은 자신을 대신해서 의원 후보로 크리스타벨을 추천했다. 에멀린은 누구보다도 크리스타벨의 능력을 잘 알고 있었고, 젊고 추진력 있는 그녀가 적임자라고 주장했다.

"미스 팽크허스트는 여성참정권 획득이라는 결과물을 낳은 선봉자입니다. 그녀는 우리를 대표하고, 나는 그녀의 열렬한 신봉자입니다."

실제로 에멀린은 크리스타벨의 능력을 높이 평가했기에, 그녀가 입후보하는 것이 여성당을 위한 최선이라고 판단했다.

크리스타벨은 노동자들이 많은 미들렌즈의 스메딕 지역에 여성당 후보로 총선에 출마했고, 에멀린은 밤낮으로 선거 운동에 매달렸다. 하지만 아쉽게도 크리스타벨은 노동당 후보 존 데이비슨에게 775표 차로 패했다.

1918년 총선에서 크리스타벨은 물론이고 다른 여성 후보 모두 낙선했다. 단 한 명도 여성 의원을 배출하지 못한 것에 여성들은 크게 실망하고 자책했다. 다행히 1년 뒤 1919년 11월 플리머스 보궐 선거에서 낸시 아스터가 첫 영국 여성 의원의 문을 열었다.

낸시 아스터는 귀족이었는데, 선거 활동 당시 하층민 차림의 검은 치마에 흰색 상의를 입고는 노동자들을 찾아

다녔다. 그녀는 여성들의 몰표를 받으며 두 남성 후보를 거뜬하게 이겼고, 이후 26년간 그 어떤 남성 의원보다도 더 노동자들을 위해서 일했다.

한편 정치가로 거듭나려고 했던 크리스타벨에게 낙선은 크나큰 충격이었고, 이를 계기로 정치를 향한 야망과 열망을 꺾었다. 그리고 상처받은 마음을 종교에서 위안받았다. 그녀가 선택한 종교는 그리스도 재림으로, 크리스타벨은 이 종교에 강력하게 이끌리며 또 다른 운명을 예감했다. 크리스타벨의 활동 무대가 종교로, 미국으로 옮겨진 것이다.

실비아는 여성서프러제트연합을 여성사회주의연합으로 개편했고, 소련처럼 의회 제도 개편과 자본주의 개편, 임금 제도와 사회 계급 철폐, 제국주의 붕괴 등을 주장했다. 노동자 계급은 물론이고 중산층과 상류층 계급도 실비아의 이런 체제에 동조하는 이들이 많았고, 실비아는 부유층으로부터 꽤 많은 기부를 받았다.

영국 정부로서는 실비아의 이런 행보가 여간 곤욕스러운 것이 아니었다. 그렇기에 실비아는 몇 차례 갇혔고, 언제나 경찰의 주시 속에 살아야 했다.

에멀린은 공산주의에 강력히 반대했다. 그런 이유로 끊임없이 실비아와 충돌했고, 당시 에멀린은 여성참정권 운동보다 공산당에 반대하는 강연에 더 치중했다. 이미 조건부이긴 하지만 여성들이 참정권을 획득했고, 모든 성인 여성에게 참정권이 돌아가는 건 시간문제라고 생각했다. 지금은 전쟁으로 입은 몸과 마음의 상처를 씻고 일상으로 돌아가는 것이 더 급선무였고, 사회주의니 자본주의니 하는 이데올로기는 그들에게 혼란만 줄 뿐이라고 생각했다.

에멀린은 미국과 캐나다를 돌면서 공산주의 반대 강연과 여성참정권 강연을 했고, 캐나다에서는 한 5년간 머물렀다. 그러나 추운 캐나다 기후 탓에 넓은 지역을 돌아다니며 강연하는 것이 60대가 된 에멀린에게는 무리였다. 1924년 봄에 에멀린은 버뮤다로 가서 1년 정도를 보내고는, 프랑스로 가서는 남부에 자그마한 찻집을 열었다. 하지만 젊은 시절에 한 팬시점처럼 성공하지 못했다. 역시 장사엔 소질이 없었다.

마침내 에멀린은 고향으로 돌아왔다. 그러자 미국에 있던 크리스타벨도 귀국했다. 에멀린이 돌아왔다는 소식을 들은 실비아도 어머니를 찾아왔다. 하지만 두 모녀는 서먹서먹했고, 서로 긴장을 풀지 못했다.

에멀린이 돌아오자, 정치권 여기저기서 손을 내밀었다. 놀랍게도 에멀린은 보수당의 손을 잡았다. 에멀린은 이전의 자유당과 독립노동당, 여성당에서 뜻을 펼칠 수 없었기에, 이번엔 보수당을 선택한 것이다. 아직 숙제가 남아 있었다. 모든 성인 여성의 참정권 획득. 이것이 인생의 과제였다.

에멀린이 보수당을 선택했다는 사실에 사람들은 당혹스러웠고 충격을 받았다. 그토록 진보를 외치던 에멀린이 보수를 선택하다니, 도저히 믿기지도 받아들여지지도 않았다.

"나는 전쟁을 경험하면서, 또 대서양 저편을 돌아다니면서 생각이 많이 바뀌었습니다."

에멀린은 아주 간략하게 보수당을 선택한 이유를 말했다. 하지만 에멀린의 속셈은 따로 있었다. 격렬하게 여성 참정권 운동을 할 때 독립노동당과 자유당을 거쳤다. 하지만 상처만 남았다.

독립노동당은 힘이 없었고, 자유당은 여성을 인정하지

도, 여성들의 목소리를 들으려고 하지도 않았다. 여성들이 투표권을 얻는 과정에서 에멀린은 12차례나 갇혀 강제 음식 주입에 시달렸고, 세 딸도 예외는 없었다. 또 함께한 동료 중엔 장애인이 되거나 목숨을 잃은 이가 부지기수였다.

에멀린은 자유당에 감정이 많았고, 또 그들이 생전에 모든 성인 여성에게 참정권을 줄지가 의문이었다. 게다가 자유당은 지는 해였다. 보수당은 떠오르는 해였다. 그들은 전쟁을 승리로 이끌었고, 여성들에게 긍정적이었다. 어쩌면 이들에게서 남성들과 똑같은 조건의 참정권을 얻어낼 수 있을 것 같았다. 에멀린은 이번만큼은 실리를 택하고 싶었다.

보수당에 가입하고 2년 뒤인 1928년 총선에서 에멀린은 런던의 동쪽 끝 화이트채틀 선거구의 보수당 후보로 출마했다. 그곳은 노동자가 많은 지역이었다. 에멀린은 그 지역에 작은 집을 얻어서 거주하면서 선거를 준비했다.

에멀린은 고인이 된 남편 리처드와 함께 추구했던 세상, 즉 평등한 세상에 관한 대의를 알리고자 주력했다. 그런데 문제가 발생했다. 노심초사하며 버텨주기를 바랐던 건강에 문제가 생긴 것이다. 69세의 노쇠한 에멀린의 체력으로는 잔인한 선거 일정을 감당하기는 무리였다. 그렇기에 자주 선거 캠페인 일정이 바뀌었다. 거기에 기름을 붓는 사건이 발생했다.

바로 실비아였다.

실비아는 이탈리아 출신 아나키스트 실비오 카리오와 오랫동안 동거 상태였다. 실비아는 결혼은 원치 않았지만, 아이는 갖고 싶었다. 그래서 마흔다섯이란 나이에 위험한 임신을 했고, 1927년 12월에 아들을 낳았다.

실비아는 아들에게 사랑하고 존경한 아버지 리처드란 이름과 팽크허스트라는 자신의 성을 주었다. 그리고 도발적인 행동을 했다. 바로 언론과 인터뷰를 해서 아기의 탄생을 널리 알린 것이다. 바로 선거 기간에. 신문에는 '실비아의 놀랍고 충격적인 고백' 이라는 헤드라인의 기사가 실렸다.

실비아가 이런 도발적인 행동을 한 것은, 어머니에게 임신 사실을 편지로 알렸는데도 아무런 반응이 없었기 때문이다. 또 임신 중에 에멀린을 찾아갔는데, 에멀린이 만나주지 않았다. 실비아의 편지를 한참 늦게 전달받은 에멀린은 실비아의 임신 사실을 받아들이기가 고통스러웠다. 1920년대에 결혼도 안 한 여성이 임신했다는 사실은 실로 당황스러운 일임엔 틀림이 없었다. 성 윤리를 중요시한 에멀린에게는 특히 그랬다.

실비아의 임신 사실을 안 순간 에멀린은 자신의 정치 인생이 끝났음을 감지했다. 언젠가는 세상에 알려질 터였고, 대중은 이런 스캔들을 인정하고 받아들이지 않을 테니 말이다. 그런데 스스로 기사를 낸 실비아의 도발적인 행동에 에멀린은 강한 충격을 받았고, 모든 것을 내려놓았다.

"나는 다시는 대중 앞에 서지 않겠어. 절대로."

기사를 접한 날 에멀린은 온종일 눈물을 보였다. 에멀린이 이렇게 많이 운 것은 평생 처음이었다. 두 아들이 죽었을 때도 비통함을 감추지는 못했지만, 이토록 눈물을 많이 보인 적은 없었다. 설상가상으로 고질병이던 위병이 도져서 음식을 삼키지 못했다. 크리스타벨과 아델라가 와서 돌보았지만, 에멀린은 일어나지 못했다.

1928년 6월 14일, 에멀린은 조용히 눈을 감았다. 69세의 나이로 갑작스러운 죽음이었다.

아무도 에멀린의 죽음을 준비하지 못했고, 에멀린 자신도 예상치 못한 죽음이라 유언을 남기지 못했다. 생전에 그토록 세상을 떠들썩하게 한 에멀린은 태어난 자신의 소임을 다하고는 쓸쓸히 남편 리처드의 곁으로 돌아갔다.

1928년 6월 18일, 세인트 존스 교회에서 거행한 장례식에는 수많은 사람이 참석했다. 10명의 서프러제트가 든 에멀린의 운구 뒤로, 페식 로런스를 비롯한 전직 여성사회정치연합 동료들은 띠와 리본을 매고 여성사회정치연합을 상징하는 깃발을 들고 행렬을 따랐다. 크리스타벨과 실비아, 그리고 한 번도 보지 못한 손자 리처드가 에멀린의 마지막을 배웅했다.

그리고 한 달 뒤 에멀린이 그토록 그리고 바라던, 21세 이상의 모든 여성에게 참정권을 부여하는 법안이 통과되었다.

19
그 이후로도 오랫동안

에멀린은 런던의 브롬턴 묘지에 안장되었다. 에멀린의 죽음은 전 세계에 슬픔으로 전해졌다. 특히 여러 번 방문한 적이 있는 미국과 캐나다에선 에멀린의 죽음을 크게 애도했다. 모두 에멀린 팽크허스트 의원의 탄생을 기대하던 차였기에 슬픔은 더욱 컸다. 언론은 에멀린의 죽음을 애도하는 기사를 대대적으로 내보냈고, 저널리스트인 브레일스포드는 고인이 된 에멀린을 사실적으로 조명했다.

> 에멀린 팽크허스트는 여성의 투표권을 얻기 위해서 갖은 비난과 12차례의 투옥을 겪었다. 하지만 실제로는

이보다 훨씬 큰 고통과 희생을 치러야 했다. 여사는 모든 여자아이가 태어나면서부터 품는 열등의식을 없애려고 격렬히 싸웠다. 이 여성의 강력한 힘은 휘몰아치는 감정의 표현이다. (중략) 하지만 무엇보다도 그녀를 규정하는 것은 목소리이다. 조용하고 단순하게 말하지만, 그 목소리에는 아주 명확함이 들어 있어서 상상을 초월한 힘을 갖고 있다. (중략) 그녀의 목소리를 통해서, 수 세기 동안 여성들이 느꼈던 무능력이라는 비통함과 모든 고통의 순간이 마침내 세상 밖으로 나왔다.

〈데일리 메일〉은 에멀린 팽크허스트의 장례 행렬을 보고는 '마치 존경하는 장군의 죽음을 애도하는 군인 집단'과 같다고 보도했다. 〈뉴욕 헤럴드 트리뷴〉은 에멀린을 '20세기 초반에 가장 주목할 만한 정치 · 사회 운동가인 동시에 여성참정권의 최고봉' 이라고 평했다.

에멀린 팽크허스트를 기리기 위해 서프러제트들은 동상을 세우는 프로젝트를 추진했다. 동상을 세우려는 위치는 생전에 에멀린이 진입을 시도하며 그토록 간절히 들어가기를 원했던, 바로 하원 앞이다.

에멀린의 동상 건립을 위해서 모금 캠페인이 전개되었고, 1930년 3월 6일, 하원 앞에 그녀의 동상이 공개되었다. 이날 의식에는 실비아가 참석했다. 크리스타벨은 미국에서 축전을 보내왔다.

에멀린 팽크허스트의 죽음은 세 딸에게 삶의 전환점이었다. 에멀린의 죽음에 영향을 가장 많이 받은 것은 크리스타벨이었다. 크리스타벨은 어머니의 죽음을 한동안 받아들일 수 없었다. 에멀린의 죽음 직후 한동안 영국에 머물면서 어머니를 애도하고는 미국 캘리포니아로 갔다. 그곳에서 그리스도 재림에 관련한 강연을 하고 책을 쓰며 살았다. 늘 어머니의 그림자를 안고 산 그녀는 '베티'라는 딸을 입양하면서 비로소 에멀린에게서 벗어날 수 있었다. 크리스타벨은 1936년에 영국으로 돌아와 여성에게 주는 기사 작위인 대영제국 데임 커맨더를 받고는 잠시 영국에 머물렀으나, 제2차 세계대전이 발발하자 캘리포니아로 돌아갔다. 크리스타벨은 미국에서 인기가 좋아서 TV에도 자주 출연했다. 미국 사람들은 여성참정권 혁명가이자 종교가인 영국 여성에게 묘한 매력을 느꼈다.

1958년 2월 13일, 크리스타벨은 의자에 꼿꼿이 앉은 채 죽었다. 가정부가 시신을 발견했고, 사망 원인은 알 수 없었다. 크리스타벨의 나이 77세였고, 캘리포니아주 산타모니카의 우들룬 기념묘지에 묻혔다.

실비아는 평생 에멀린의 죽음에서 벗어나지 못했다. 어머니 죽음의 중심에 자신이 있었다는 생각에, 또 사람들의 그런 시선 속에서 살아야 했다. 그리고 영국첩보부의 감시 속에서도 남은 생을 살아야 했다.

제국주의에 강력하게 반대하는 실비아는 이탈리아의 에티오피아 침공에 반대했고, 에티오피아로 건너갔다. 이를 계기로 평생을 에티오피아를 위해서 살았다. 실비아는 에티오피아 독립에 일생을 바쳤고, 에티오피아의 의료 교육과 예술, 문화에 힘썼다. 그 덕에 에티오피아의 황제 셀라시에와 아주 가까운 친분을 유지했다.

실비아는 크리스타벨이 죽은 2년 뒤인 1960년에 에티오피아에서 78세로 죽었고, 황제는 실비아에게 '명예 에티오피아인'을 수여했다. 실비아는 외국인으로 유일하게 아디스아바바에 있는 성 트리니티 대성당 앞에 묻혔다.

실비아의 유일한 아들 리처드 팽크허스트는 에티오피

아 역사학자가 되었고, 결혼해서 아들 아둘라와 딸 헬렌을 낳았다. 헬렌은 자신이 팽크허스트 가문의 후손인 것을 자랑으로 여기며 현재 여성 혁명가로 살고 있다.

호주로 간 아델라는 오스트레일리아 선원노동조합 일을 하는 토마스 월시와 결혼해서 아들 하나와 딸 다섯을 낳았다. 아델라는 1920년에 호주 공산당 창당 발기인으로 활약했지만, 나중엔 공산주의에 환멸을 느꼈다. 실비아가 죽은 1년 뒤인 1961년 5월 75세로 생을 마감했다.

에멀린 팽크허스트가 이끈 영국의 여성참정권 운동은 다른 어떤 참정권 운동보다도 치열했고 격렬했으며 간절한 바람이었다. 어멀린이 어릴 때 읽은 『톰 아저씨의 오두막』에서 톰 아저씨가 죽어서야 자유를 얻었듯이, 에멀린도 결국 저세상에서 여성들이 투표하는 모습을 보았을 것이다. 그리고 그토록 눈부신 에멀린의 참정권 운동은 여성의 인권뿐만 아니라 가난한 노동자들의 인권에 영향을 주었고, 20세기 민주주의가 뿌리내리는 데 결정적인 역할을 한 남다른 여성참정권 운동이었다.

2018년 2월 6일, 에멀린이 태어난 영국 맨체스터에서 여성참정권 100주년 기념식이 열렸다. 테리사 메이 영국 총리는 기념식 연설에서 '나도 할머니에게 팽크허스트에 대해 듣고 자랐다'며 오늘날 자신이 이 자리에 있는 것이 팽크허스트 덕분이라는 말을 전했다.

에멀린 팽크허스트가 생전에 그토록 간절히 원했던 '여자아이가 남자 형제들과 똑같은 기회를 갖게 될 미래'는 도래한 것일까, 아니면 아직 더 기다려야 하는 것일까?

VOTES
FOR
WOMEN

연보

1858년 07월14일	영국 맨체스터에서 태어남. 13세부터 어머니를 따라 여성참정권 집회에 참여. 리디아 베커를 롤모델로 여김.
1872년(14세)	프랑스 파리로 유학.
1878년(20세)	리처드 팽크허스트와 결혼.
1893년(35세)	맨체스터시 빈민구제위원회 위원으로 선출되어. 촐튼 지역의 빈민구호소를 효율적으로 개혁함.
1898년(40세)	리처드 팽크허스트 사망. 맨체스터 교육위원회의 여성 최초의 교육위원.
1903년(45세)	여성사회정치연합(Women' s social and Political Union:WSPU) 설립해 어느 정당에도 의지하지 않고 독자적으로 여성참정권 운동을 전개해나감.
1908년 06월21일	하이드파크의 역성 혁명을 이끎. 여성사회정치연합의 전략을 전투적으로 바꿈. 의회에 여성참정권 법안을 제출하려다 첫 수감.
1909년 10월	3개월 일정으로 미국의 여성참정권 강연 투어.

	크게 성공해 이후 몇 차례 더 미국 강연 투어함.
1910년 11월18일	역사적인 여성 폭행의 날인 블랙 프라이데이 발생.
1911년 04월	10년 주기로 하는 인구조사를 거부해, 여성이 국민으로 표기되는 것을 거부하는 캠페인을 벌임.
1912년(54세)	여성참정권 법안을 논의하겠다던 애스퀴스 수상이 기만하자, 여성참정권 운동의 전략을 더욱 전투적으로 전환함.
1914년 07월	제1차 세계대전이 일어나 자, 여성참정권 운동을 잠정 중단하고, 전쟁터에 나간 남성의 일자리를 대신해 여성의 사회적 지위를 얻고자 함.
1918년 02월	전쟁 기간 여성의 공이 인정되어 일정 자격을 갖춘 30세 이상의 여성에게 투표권이 부여됨. 여성참정권 시대에 대비해 여성당 창당.
1928년 06월14일	69세의 일기로 세상을 떠남. 한 달 뒤 21세 이상 여성에게 투표권이 부여됨.

참고자료

Pankhurst, Emmeline. *My Own Story,* first published in United Kingdom by Eveleigh Nash, 1914.

Pugh, Martin. *The Pankhursts: The History of One Radical family,* published in Great Britain by Vintage Books, 2002.

Adans, Jad. *Pankhurst.* published in Great Britain by Haus Publishing, 2003.

Pankhurst, Sylvia. *The Suffragette: The History of the Women's Milltant suffrage Movement,* first published in United Kingdom, 1911.

Emmeline Pankhurst-Wikipedia.

BBC-History-Emmeline Pankhurst.

Christabel Pankhurst-Wikipedia

Sylvia Pankhurst-Wikipedia

Morgan, Abi. *Suffragette: The Time is Now*, directed by Sarah Gavron, October, 2015.

『싸우는 여자가 이긴다』, 에멀린 팽크허스트 지음 / 김진아 · 권승혁 옮김, 현실문화, 2016년.

지은이 • 윤해윤
영어영문학을 전공했고, 학교에서 아이들을 가르쳤다. 아이들과 함께하면서 위대한 인물의 이야기가 그들에게 많은 영향을 미친다는 사실을 알았다. 위인들이 살아가는 모습과 행동에서 강력한 영감을 얻어 정신적인 멘토를 찾는 아이들이 많았다. 이로 말미암아 윤해윤은 전기에 많은 관심을 두었고, 전기 관련 번역과 출판기획가로 활동하다가 급기야 전기 작가로 데뷔하기에 이르렀다. 지은 책으로는 『왕가리 마타이』 『도로시 데이』 『헬렌 켈러』 『말랄라 유사프자이』가 있다.

w 세상을 빛낸 위대한 여성
에멀린 팽크허스트: 서프러제트와 여성참정권 운동, 민주주의의 뿌리가 되다

처음 펴낸 날 2019년 02월 08일

지은이 윤해윤
일러스트 정미경
펴낸이 권혁정 | 펴낸곳 나무처럼
주소 고양시 일산동구 강촌로 26번길 49(백석동) 3층
전화 031) 903-7220 | 팩스 031) 903-7230
E-mail nspub@naver.com
ISBN 978-89-92877-46-6 (44810) | 978-89-92877-10-7 (세트)

* 책값은 뒤표지에 있습니다.